汉唐书局经典诵读文库

第二辑 古代诗歌卷

我是朗读者

总主编 顾之川

执行总主编 耿建华

山东城市出版传媒集团·济南出版社

图书在版编目（CIP）数据

我是朗读者. 古代诗歌卷 / 耿建华编著. -- 济南：济南出版社，2017.12

ISBN 978-7-5488-2787-0

Ⅰ.①我… Ⅱ.①耿… Ⅲ.①古典诗歌—诗歌欣赏—中国 Ⅳ.①I106

中国版本图书馆 CIP 数据核字 (2017) 第 227359 号

出版人	崔　刚
丛书策划	冀瑞雪
责任编辑	冀瑞雪　殷　剑
装帧设计	李海峰
出版发行	济南出版社
地　　址	山东省济南市二环南路1号（250002）
编辑热线	0531-86131747（编辑室）
发行热线	82709072　86131747　86131729　86131728（发行部）
印　　刷	山东新华印刷厂潍坊厂
版　　次	2018年8月第1版
印　　次	2018年8月第1次印刷
成品尺寸	150mm×230mm　16开
印　　张	9
字　　数	90千
印　　数	1—10000册
定　　价	28.00元

（济南版图书，如有印装错误，请与出版社联系调换。联系电话：0531-86131736）

总序言

顾之川

"推动全民阅读，构建书香社会"日益成为我国文化发展战略的重要组成部分，对于培育和践行社会主义核心价值观，提高国民思想道德素质和科学文化素质，建设社会主义文化强国，实现中华民族伟大复兴的中国梦具有重要意义。2017年《政府工作报告》中提出"大力推动全民阅读"，国务院法制办随即发布《全民阅读促进条例（征求意见稿）》，指出国家将采取措施，支持和引导促进未成年人健康成长相关作品的创作出版。全民阅读的基础在校园，构建书香社会首先就是要构建书香校园。为此，山东城市出版传媒集团·济南出版社·汉唐书局策划了这套《我是朗读者》丛书，邀请一批高水平的语文教育专家精心结撰。该丛书现已初具规模，一至九年级上册已出版，一至九年级下册和高中分册即将出版。作为丛书总主编，我闻之则喜，乐为此序。

读书是教育的常识。读书的形式有多种，有精读，有略读；有速读，有浏览；有朗读，有默读等。其中朗读是我国教育的优良传统之一，也是语文学习的一种重要途径。汉语具有很强的韵律感和节奏感，尤其是古代优秀诗文。通过朗读，我们可以与经典对话，与大家交流，感悟语言之美，体会节奏之韵，领略声调之味，品鉴诗文之境，从而积累和丰富语言，感受其艺术魅力，提高理解能力和审美素养。朗读还有助于培养对语言的直觉思维能力，是提高写作水平和口语表达能力的好办法。人们说"功夫靠练，文章靠念"。古人云:"读书百遍,其义自见。""熟读唐诗三百首,不会吟诗也会吟。"《义务教育语文课程标准》(2011年版)指出:"各学段都要重视朗读训练。""要让学生在朗读中通过品味语言,体会作者及其作品中的情感态度,学习用恰当的语气语调朗读,表现自己对作者及其作品情感态度的理解。"这些都说明朗读在语文学习中的重要性。

语文学习关系着一个人的终身发展,社会语文素养的提高关系着国家的软实力和文化自信。对于中小学生来说,提高语文素养的主要途径,一是靠课堂有效教学,二是靠课外大量阅读,三是靠社会生活实践。语文学习不能只靠语文课本。要学好语文,课堂有效教学只是其中的一个方面,还必须伴以课外大量阅读,最好还能参与社会生活实践。无数经验证明,凡是语文学得好的学生,都是具有良好阅读习惯,都是在课外读了大量书的。学生书读得多了,自然会有自己的思考,把自己思考的成果说出来或写出来,就是口语交际和写作。所以,读书、思考和表达都是学好语文不可缺少的重要环节。关键是要引导学生激发阅读兴趣,掌握阅读方法,养成阅读习惯,感受书香魅力,这会让他们受益终生。

这套《我是朗读者》丛书精选适合朗读的古今中外文学经典作品,按照不同文体、时代和国别,分年级编写。本套书共25册,其中,小学和初中分上、下册,共18册,每册按周编排,便于学生有计划、有选择地朗读;高中为单卷本,共7册。这套书对提高广大中小学生的语文素养大有裨益。如果能让朗读伴随成长,成为一种习惯,一种生活方式,用文学的汁液滋润人生,相信一定能够充实自己,濡染身心,滋养情怀,修养人格,增加生命的厚度。

2017年8月27日　序于南京秦淮河畔

目录

第一章 抒情达意

1. 木　瓜 /1
2. 汉　广 /2
3. 君子于役 /3
4. 行行重行行 /4
5. 西洲曲 /5
6. 长干行 /7
7. 寄　人 /9
8. 寓　意 /10
9. 悼亡三首 /11
10. 沈园二首 /13

第二章 言志抒怀

11. 龟虽寿 /14
12. 拟古九首（其八）/15
13. 登幽州台歌 /16
14. 感　遇（其一）/17
15. 行路难（其一）/18
16. 月下独酌 /19
17. 秋　兴（其一）/20
18. 浩　歌 /21
19. 咏　史 /22
20. 绝　句 /23
21. 醉　眠 /24
22. 剑门道中遇微雨 /25
23. 秋夜将晓出篱门迎凉有感 /26
24. 论　诗 /27

第三章 边塞爱国

25. 九歌·国殇 /28
26. 从军行 /30
27. 从军行七首（其四）/31
28. 使至塞上 /32
29. 塞下曲（其一）/33
30. 塞下曲 /34
31. 过五原胡儿饮马泉 /35

32. 雁门太守行 /36
33. 书　愤 /37
34. 枕上偶成 /38
35. 十一月四日风雨大作 /39
36. 金陵驿二首 /40

第四章　山水田园

37. 观沧海 /41
38. 归园田居（其一）/42
39. 饮　酒（其五）/43
40. 滕王阁诗 /44
41. 春江花月夜 /45
42. 灵隐寺 /47
43. 山行留客 /48
44. 与诸子登岘山 /49
45. 次北固山下 /50
46. 题破山寺后禅院 /51
47. 山居秋暝 /52
48. 汉江临泛 /53
49. 渭川田家 /54
50. 望天门山 /55
51. 庐山谣寄卢侍御虚舟 /56
52. 黄鹤楼 /58
53. 绝句漫兴九首（其七）/59
54. 江　村 /60
55. 宿洞霄宫 /61
56. 东　溪 /62
57. 书湖阴先生壁 /63
58. 有美堂暴雨 /64
59. 雨中登岳阳楼望君山二首 /65
60. 登快阁 /66
61. 临安春雨初霁 /67
62. 游山西村 /68
63. 有　约 /69
64. 济南杂诗十首（选四）/70
65. 过洞庭 /72

第五章 咏物写意

66. 在狱咏蝉 /73

67. 古朗月行 /74

68. 归　雁 /75

69. 始闻秋风 /76

70. 秋词二首 /77

71. 锦　瑟 /78

72. 白　莲 /79

73. 焚书坑 /80

74. 鹧　鸪 /81

75. 山园小梅 /82

76. 北陂杏花 /83

77. 花　影 /84

78. 海　棠 /85

79. 东栏梨花 /86

80. 冬　景 /87

81. 蝇　虎 /88

82. 梅花绝句 /89

83. 寒　夜 /90

84. 题榴花 /91

85. 雪梅二首 /92

第六章 羁旅送别

86. 和晋陵陆丞早春游望 /93

87. 送杜少府之任蜀州 /94

88. 春夜别友人（其一）/95

89. 洛中访袁拾遗不遇 /96

90. 送郭司仓 /97

91. 芙蓉楼送辛渐（其一）/98

92. 送友人 /99

93. 与史郎中钦听黄鹤楼上吹笛 /100

94. 宣州谢朓楼饯别校书叔云 /101

95. 旅夜书怀 /102

96. 左迁至蓝关示侄孙湘 /103

97. 商山早行 /104

98. 黄溪夜泊 /105

99. 食荔支二首（其二）/106

第七章 唱和赠答

100. 赠从弟（其二）/107
101. 望洞庭湖赠张丞相 /108
102. 秋登万山寄张五 /109
103. 赠卫八处士 /110
104. 赠花卿 /111
105. 示张寺丞王校勘 /112
106. 答丁元珍 /113
107. 和子由渑池怀旧 /114
108. 寄黄几复 /115

第八章 社会写真

109. 十五从军征 /116
110. 兵车行 /117
111. 羌村三首（其一）/119
112. 长恨歌 /120
113. 琵琶行（并序）/124
114. 卖炭翁 /127
115. 陶　者 /128
116. 后催租行 /129

附录　朗读资料卡 /130

第一章 抒情达意

1. 木 瓜

《诗经·国风·卫风》

投我以木瓜,报之以琼琚。
匪报也,永以为好也!
投我以木桃,报之以琼瑶。
匪报也,永以为好也!
投我以木李,报之以琼玖。
匪报也,永以为好也!

◎ 伴我朗读

①木瓜:一种落叶灌木,色黄而香,蒸煮或蜜渍后食用,不同于今天供生食的番木瓜。②琼:赤色玉。亦泛指美玉。③琚(jū):佩玉。④匪:非。⑤瑶:美玉。一说似玉的美石。⑥玖(jiǔ):浅黑色玉石。

《诗经》是中国古代最早的一部诗歌总集,分为《风》《雅》《颂》三个部分。本诗选自《诗经·国风·卫风》,是先秦时期卫国的一首描述男女之情的民歌,也是现今传诵最广的《诗经》名篇之一。

2. 汉　广

《诗经·国风·周南》

南有乔木，不可休思。

汉有游女，不可求思。

汉之广矣，不可泳思。

江之永矣，不可方思。

翘翘错薪，言刈其楚。

之子于归，言秣其马。

汉之广矣，不可泳思。

江之永矣，不可方思。

翘翘错薪，言刈其蒌。

之子于归，言秣其驹。

汉之广矣，不可泳思。

江之永矣，不可方思。

◎ 伴我朗读

①休：止息。②思：语气助词，没有实义。③楚：荆条。④于归：出嫁。⑤蒌：蒌蒿。

本诗选自《诗经·国风·周南》，是一首恋爱诗。抒怀主人公是位青年樵夫。他钟情于一位姑娘，却始终难遂心愿，面临浩渺的江水，他唱出了这首悦耳的情歌，倾吐了满怀的愁绪。全诗三章的起兴之句，传神地暗示了作为抒怀主人公的青年樵夫，砍木刈薪的劳动过程。

3. 君子于役

《诗经·国风·王风》

君子于役，不知其期，曷至哉？
鸡栖于埘，日之夕矣，羊牛下来。
君子于役，如之何勿思！
君子于役，不日不月，曷其有佸？
鸡栖于桀，日之夕矣，羊牛下括。
君子于役，苟无饥渴？

◎ 伴我朗读

①埘（shí）：在墙壁上挖洞做的鸡窝。②佸（huó）：相聚。③桀：通"榤（jié）"，指用竹木编成的供鸡栖息用的摺子。

这首诗写妻子思念远行服役的丈夫。黄昏时夕阳西下、人畜返家的图景描写对抒情起到了很好的衬托作用，开创了日暮怀人的典型环境，对后世诗歌创作影响很大。

4. 行行重行行

《古诗十九首》

行行重行行,与君生别离。
相去万余里,各在天一涯。
道路阻且长,会面安可知?
胡马依北风,越鸟巢南枝。
相去日已远,衣带日已缓。
浮云蔽白日,游子不顾反。
思君令人老,岁月忽已晚。
弃捐勿复道,努力加餐饭。

◎ 伴我朗读

①行行重行行:不停顿地前行。这是以女方的想象写在外的丈夫。②胡马:指北方所产的马。③越鸟:指南方的鸟。④反:通"返"。

本诗为《古诗十九首》的第一首,写一位女子对长期在外的丈夫的思念,语言朴素自然,情感真挚深入,抒情手段多样,历来备受推崇。

5. 西 洲 曲

南朝乐府

忆梅下西洲，折梅寄江北。
单衫杏子红，双鬓鸦雏色。
西洲在何处？两桨桥头渡。
日暮伯劳飞，风吹乌臼树。
树下即门前，门中露翠钿。
开门郎不至，出门采红莲。
采莲南塘秋，莲花过人头。
低头弄莲子，莲子青如水。
置莲怀袖中，莲心彻底红。
忆郎郎不至，仰首望飞鸿。
鸿飞满西洲，望郎上青楼。
楼高望不见，尽日栏干头。
栏干十二曲，垂手明如玉。
卷帘天自高，海水摇空绿。
海水梦悠悠，君愁我亦愁。
南风知我意，吹梦到西洲。

◎ **伴我朗读**

①鸦雏色：像小乌鸦一样的颜色，形容女子的头发乌黑发亮。②乌臼：现在写作"乌桕"。③翠钿（diàn）：用翠玉做成或镶嵌的首饰。④青楼：清漆涂饰的豪华精致的楼房。

这是一首情诗，表达了一位居住在西洲附近的女子对远在江北的爱人的思念之情。本诗具有很强的音乐节奏感，并且运用了民歌常用的谐音和双关的表现手法，含蓄有致，婉约细腻，是南朝乐府中的名篇。

6. 长干行

〔唐〕李 白

妾发初覆额,折花门前剧。
郎骑竹马来,绕床弄青梅。
同居长干里,两小无嫌猜。
十四为君妇,羞颜未尝开。
低头向暗壁,千唤不一回。
十五始展眉,愿同尘与灰。
常存抱柱信,岂上望夫台。
十六君远行,瞿塘滟滪堆。
五月不可触,猿声天上哀。
门前迟行迹,一一生绿苔。
苔深不能扫,落叶秋风早。
八月蝴蝶黄,双飞西园草。
感此伤妾心,坐愁红颜老。
早晚下三巴,预将书报家。
相迎不道远,直至长风沙。

◎ **伴我朗读**

①长干：地名，故址在今江苏南京。②剧：嬉戏。③滟滪（yàn yù）堆：瞿塘峡中一块巨大的礁石。③三巴：古地名，巴东、巴郡、巴西的总称。④长风沙：地名。

这首诗以女子自述的口吻，讲述了一个动人的爱情故事，其中写女子思念远行的丈夫，婉转细腻，深情绵邈，令人为之动容。

7. 寄　人

〔唐〕张　泌

别梦依依到谢家，
小廊回合曲阑斜。
多情只有春庭月，
犹为离人照落花。

◎ 伴我朗读

①谢家：指女方家中。唐人常用"谢娘""萧娘"称所爱之人。②回合：四面环绕。③春庭月：指春夜照在庭院中的月色。

离别后梦里依稀来到姑娘家，四面走廊栏杆曲折。醒来只见庭前多情的明月，它还在为离人照着落花。

8. 寓　意

〔宋〕晏　殊

油壁香车不再逢，峡云无迹任西东。
梨花院落溶溶月，柳絮池塘淡淡风。
几日寂寥伤酒后，一番萧索禁烟中。
鱼书欲寄何由达，水远山长处处同。

◎ 伴我朗读

①油壁香车：形容精美漂亮的车子。②峡云：巫山峡谷上的云彩。此处喻指诗人心中的恋人。③伤酒：因过量饮酒而导致身体不适。④禁烟中：指寒食节。⑤鱼书：书信。

油壁香车里的女子再也见不到了，她就像巫峡上的云行踪不定。院落里梨花沐浴在如水的月光里；池塘边柳絮飘舞在阵阵微风中。这几天很寂寞，喝多了酒伤了身体，寒食节眼前一片萧索。写好信不知如何才能寄给她，高山远水阻隔处处相同！

9. 悼亡三首

〔宋〕梅尧臣

其一

结发为夫妇，于今十七年。
相看犹不足，何况是长捐！
我鬓已多白，此身宁久全？
终当与同穴，未死泪涟涟。

其二

每出身如梦，逢人强意多。
归来仍寂寞，欲语向谁何？
窗冷孤萤入，宵长一雁过。
世间无最苦，精爽此销磨。

其三

从来有修短，岂敢问苍天？
见尽人间妇，无如美且贤。
譬令愚者寿，何不假其年？
忍此连城宝，沉埋向九泉！

◎ 伴我朗读

①长捐：永远失去。捐，抛弃。②宁（nìng）：难道。③同穴：同葬。④强（qiǎng）意：指勉强与人寒暄周旋。⑤精爽：精神。⑥假：挪借。⑦连城宝：价值连城的宝物，指爱妻。

这组诗是梅尧臣为悼念亡妻而作。第一首总写丧妻之痛；第二首通过具体的生活场景和景物描写，表现妻子亡故后自己"精爽销磨"的状态；第三首以"问天"的形式，将悲痛之情推向极致。这组诗语言朴素平淡，情真意切，感人肺腑，可谓抒情的杰作。

10. 沈园二首

〔宋〕陆 游

城上斜阳画角哀,
沈园非复旧池台。
伤心桥下春波绿,
曾是惊鸿照影来。

梦断香消四十年,
沈园柳老不吹绵。
此身行作稽山土,
犹吊遗踪一泫然。

◎ 伴我朗读

①惊鸿:比喻美人体态轻盈。②泫(xuàn)然:流泪貌。

黄昏时城墙上角声悲哀,沈园已不是原来的池阁亭台。令人伤心的桥下春水碧绿,我曾在这里见到她的倩影像惊鸿飞来。

她去世已经四十多年,沈园的柳树老得不再飞柳絮。我也将化为稽山的泥土,却仍然来此凭吊遗踪而泪水涟涟。

第二章 言志抒怀

11. 龟虽寿

〔汉〕曹 操

神龟虽寿,犹有竟时。
腾蛇乘雾,终为土灰。
老骥伏枥,志在千里。
烈士暮年,壮心不已。
盈缩之期,不但在天。
养怡之福,可得永年。
幸甚至哉,歌以咏志。

◎ 伴我朗读

①腾(téng)蛇:传说中与龙同类的神物,能乘云雾升天。②骥(jì):千里马。③枥(lì):马槽。④盈缩:指人的寿命长短。

这首诗是曹操所作乐府组诗《步出夏门行》中的第四章。曹操以神龟、腾蛇、老骥为例,说明宇宙万物有生必有死,这是自然的规律,人应该利用有限的生命建功立业,始终保持昂扬乐观、积极进取的精神。

12. 拟古九首（其八）

〔晋〕陶渊明

少时壮且厉，抚剑独行游。
谁言行游近？张掖至幽州。
饥食首阳薇，渴饮易水流。
不见相知人，惟见古时丘。
路边两高坟，伯牙与庄周。
此士难再得，吾行欲何求！

◎ 伴我朗读

①张掖（yè）：地名，在今甘肃省。②"饥食"句：用伯夷、叔齐不食周粟的典故。③"渴饮"句：用荆轲刺秦王的典故。④相知人：互相了解的人，即知音。

这是一首富于侠气和孤独情绪的诗篇，诗人假托自己少年之时仗剑远游、寻觅知音而不得的经历，抒发了深沉的愤世之情。将伯夷、叔齐、荆轲、俞伯牙、庄周等古代贤人义士视为知音，也表现出诗人自己的高尚情操。

13. 登幽州台歌

〔唐〕陈子昂

前不见古人，
后不见来者。
念天地之悠悠，
独怆然而涕下。

◎ 伴我朗读

①幽州台：即蓟北楼，故址在今北京市西南。②念：想到。
③怆（chuàng）然：伤感的样子。

本诗写诗人登上幽州台远望，悲从中来，并抒发了自己生不逢时的感叹。这首短诗境界雄大，思越千古，语言苍劲奔放，富有感染力，成为历来传诵的名篇。

14. 感　遇（其一）

〔唐〕张九龄

兰叶春葳蕤，桂华秋皎洁。
欣欣此生意，自尔为佳节。
谁知林栖者，闻风坐相悦。
草木有本心，何求美人折？

◎ 伴我朗读

　　①葳蕤（wēi ruí）：草木枝叶茂盛的样子。②皎洁：形容桂花蕊晶莹、明亮。③林栖者：指山中隐士。④坐：因而。⑤本心：草木的根株，这里指天性。

　　春天兰花枝叶茂盛，秋天桂花皎洁清新。兰桂欣欣向荣生机勃发，所以春秋也成了佳节良辰。可是谁能知道山中隐士，面对此情此景而产生了爱慕之情。花木芬芳原为天性，岂是为了博得美人前来采撷？

15. 行路难（其一）

〔唐〕李 白

金樽清酒斗十千，玉盘珍羞直万钱。
停杯投箸不能食，拔剑四顾心茫然。
欲渡黄河冰塞川，将登太行雪满山。
闲来垂钓碧溪上，忽复乘舟梦日边。
行路难！行路难！多歧路，今安在？
长风破浪会有时，直挂云帆济沧海。

伴我朗读

①行路难：乐府《杂曲歌辞》调名，内容多写世路艰难和离别悲伤之意。②斗十千：一斗值十千钱（即万钱），形容酒美价高。③投箸（zhù）：丢下筷子。④"闲来"两句：相传姜太公曾在渭水的磻溪上钓鱼，得遇周文王，助周灭商；伊尹曾梦见自己乘船从日月旁边经过，后被商汤聘请，助商灭夏。

金杯中的美酒一斗价值十千，玉盘里珍贵的菜肴价值万钱。但心情愁烦使我不得不放下杯筷，不愿进餐。拔出宝剑环顾四周，心里一片茫然。想渡过黄河，坚冰堵塞大川；想登太行，大雪遍布高山。遥想当年，姜子牙在磻溪垂钓，得遇重才的周文王，伊尹梦见自己乘舟从日边经过，受聘在商汤身边。人生的道路多么艰难！歧路纷杂，真正的大道究竟在哪边？我坚信乘风破浪的时机定会来到，到那时，我将远渡沧海高扬起云帆。

16. 月下独酌

〔唐〕李 白

花间一壶酒,独酌无相亲。
举杯邀明月,对影成三人。
月既不解饮,影徒随我身。
暂伴月将影,行乐须及春。
我歌月徘徊,我舞影零乱。
醒时同交欢,醉后各分散。
永结无情游,相期邈云汉。

◎ 伴我朗读

①独酌:一个人饮酒。②交欢:一起欢乐。③无情:忘却世情。④相期:相约。

月下花间,一壶清酒,自斟自饮,看似自得其乐,实则流露出诗人心中无尽的寂寞凄凉。

17. 秋　兴（其一）

〔唐〕杜　甫

玉露凋伤枫树林，巫山巫峡气萧森。
江间波浪兼天涌，塞上风云接地阴。
丛菊两开他日泪，孤舟一系故园心。
寒衣处处催刀尺，白帝城高急暮砧。

◎ 伴我朗读

①秋兴：在秋日抒发的情怀。②地阴：地面的阴冷寒气。③丛菊两开：两次看到菊花开放，犹言度过了两个秋天。④催刀尺：指赶裁新衣。刀，此指剪刀。⑤砧（zhēn）：捣衣用的石板。

《秋兴》共八首，是杜甫寓居四川夔州（今重庆奉节）时创作的以遥望长安为主题的组诗，是杜诗七律的代表作。这是第一首，也可看作组诗的序曲，通过对巫山巫峡的秋色秋声的形象描绘，烘托出阴沉萧森、动荡不安的环境气氛，抒发了诗人的忧国之情和孤独抑郁之感。

言志抒怀

18. 浩 歌

〔唐〕李 贺

南风吹山作平地,帝遣天吴移海水。
王母桃花千遍红,彭祖巫咸几回死?
青毛骢马参差钱,娇春杨柳含缃烟。
筝人劝我金屈卮,神血未凝身问谁?
不须浪饮丁都护,世上英雄本无主。
买丝绣作平原君,有酒唯浇赵州土。
漏催水咽玉蟾蜍,卫娘发薄不胜梳。
羞见秋眉换新绿,二十男儿那刺促?

◎ 伴我朗读

①骢(cōng):毛色青白相间的马。②含缃(xiāng)烟:形容杨柳嫩黄。缃,浅黄色的绢。③屈卮(zhī):一种有把的酒盏。④神血未凝:指生命短促。⑤新绿:乌黑的眉毛。⑥刺促:劳苦不安。

南风把大山吹成平地,天帝派水神天吴移来了海水。王母的桃花开了上千遍,长寿的彭祖和巫咸也该死过几回。骑坐的青骢马花纹如连钱,初春嫩黄的柳枝摇曳如烟。弹筝美人用金杯劝我饮酒,人生苦短,前程未知当自勉。丁都护啊,不要无节制地狂饮,要知道世上的英雄本来无定主。买丝线绣一幅怜才爱士的平原君肖像,有好酒只拿去浇祭他生活过的赵国旧土。漏刻催逼,水流急急通过玉蟾蜍的装饰,侍酒女子头发稀薄,已经不好梳理。眼看着浓黑眉毛转眼变衰白,二十岁的男子哪能无谓地劳碌?

19. 咏 史

〔唐〕李商隐

历览前贤国与家,成由勤俭破由奢。
何须琥珀方为枕,岂得真珠始是车。
运去不逢青海马,力穷难拔蜀山蛇。
几人曾预南薰曲,终古苍梧哭翠华。

◎ 伴我朗读

①青海马:喻可任军国大事的贤才。②蜀山蛇:喻盘踞在朝廷与地方的恶势力。③南薰曲:相传舜作《南风歌》曰,"南风之薰兮,可以解吾民之愠兮。"④苍梧:相传舜葬于苍梧之野。⑤翠华:以翠羽为饰的旗,为皇帝用的仪仗。

纵览历史,凡是贤明的国家,成功源于勤俭,衰败起于奢华。为什么非要琥珀才能当枕头,为什么镶有珍珠才算是好车?没有好运气,就不能遇见千里马,用尽力气,难以拔起蜀山的猛蛇。有几人曾经亲耳听过舜帝的《南风歌》?天长地久,只能在苍梧对着翠绿的华盖哭吧。

20. 绝　句

〔宋〕陈师道

书当快意读易尽，
客有可人期不来。
世事相违每如此，
好怀百岁几回开？

◎ 伴我朗读

①快意：称心满意。②可人：合心意的人，品行可取的人。③好怀：好兴致。

称心如意的好书没多久就读完了，知心朋友不能常常到来。世界上的事往往是这样，人生百年有多少次能够欢笑开怀？

21. 醉　眠

〔宋〕唐　庚

山静似太古，日长如小年。
余花犹可醉，好鸟不妨眠。
世味门常掩，时光簟已便。
梦中频得句，拈笔又忘筌。

◎ 伴我朗读

　　①太古：上古。②小年：将近一年。③簟（diàn）：竹席。④便：适宜。⑤拈（niān）：用手指拿东西。⑥忘筌（quán）：忘记了捕鱼的竹器。比喻达到目的后就忘记了原来的凭借，语出《庄子·外物》。

　　山上一片寂静，好像上古时候那样悠远；日子清闲得一天就像过了一年。暮春依然有些花朵开放，鸟儿婉转的啼鸣并不妨碍我安眠。尝尽了人世滋味后，我常掩着门，这时躺在竹席上随意又安然。我在梦中经常想出优美的诗句，可当拿起笔时，却又忘了表达的语言。

22. 剑门道中遇微雨

〔宋〕陆　游

衣上征尘杂酒痕,
远游无处不消魂。
此身合是诗人未?
细雨骑驴入剑门。

◎ 伴我朗读

①剑门：又名剑阁、剑门关，在今四川剑阁。②消魂：形容极度伤心愁苦。

这首诗是陆游七绝中的名篇，通过诗意化的语言表达了诗人心中复杂的情感：衣服上沾满了旅途的尘土和酒滴的痕迹，出门远游，所到之地没有一处是不让人感伤的。我这一辈子就应该做一个诗人吗？只能在细雨中骑着瘦驴走入剑门关。

23. 秋夜将晓出篱门迎凉有感

〔宋〕陆 游

三万里河东入海，
五千仞岳上摩天。
遗民泪尽胡尘里，
南望王师又一年。

◎ 伴我朗读

　　①河：指黄河。②岳：指西岳华山。③摩：接触，碰到。④遗民：指沦陷区的百姓。⑤胡尘：胡人骑兵扬起的尘土，这里指金兵的残酷统治。

　　三万里的黄河向东流进大海，五千仞高的华山上接青天。沦陷区的遗民眼泪都已哭干了，一年又一年盼望着宋军收复失地！

24. 论 诗

〔金〕元好问

其 四

一语天然万古新,豪华落尽见真淳。
南窗白日羲皇上,未害渊明是晋人。

其二十四

有情芍药含春泪,无力蔷薇卧晚枝。
拈出退之山石句,始知渠是女郎诗。

◎ 伴我朗读

①羲皇上:伏羲氏以前,即太古时期。这里指恬静闲适的生活。②未害:不妨碍。③山石句:指韩愈《山石》诗。④渠:代词他(它),这里指秦观诗。

前一首诗是评价陶渊明的,表现了诗人对陶渊明自然天成的诗风的推崇;后一首诗是评价秦观的,诗人喜欢韩愈《山石》那样的雄浑刚健的诗风,而秦观诗风柔弱纤丽,因而被诗人讥讽为"女郎诗"。

第三章 边塞爱国

25. 九歌·国殇

〔战国〕屈 原

操吴戈兮被犀甲,车错毂兮短兵接。
旌蔽日兮敌若云,矢交坠兮士争先。
凌余阵兮躐余行,左骖殪兮右刃伤。
霾两轮兮絷四马,援玉枹兮击鸣鼓。
天时怼兮威灵怒,严杀尽兮弃原野。
出不入兮往不反,平原忽兮路超远。
带长剑兮挟秦弓,首身离兮心不惩。
诚既勇兮又以武,终刚强兮不可凌。
身既死兮神以灵,魂魄毅兮为鬼雄。

边塞爱国

◎ 伴我朗读

①国殇(shāng)：追悼阵亡将士的祭歌。②被(pī)：同"披"，穿着。③车错毂(gǔ)：敌我双方战车交错。毂，车轮的中心部分，有圆孔，可以插轴，这里泛指战车的轮轴。④躐(liè)：践踏。⑤行(háng)：行列。⑥左骖(cān)殪(yì)兮右刃伤：左边的骖马倒地而死，右边的骖马被兵刃所伤。殪，死。⑦縶(zhí)：绊住。⑧枹(fú)：鼓槌。⑨怼(duì)：怨恨。

《九歌·国殇》选自《楚辞》，是战国时期楚国的伟大诗人屈原的作品，是追悼楚国阵亡士卒的挽诗。诗歌描写了战争场面的惨烈，歌颂了楚国将士的英雄气概和爱国精神，抒发了诗人热爱祖国的高尚感情。全诗情感真挚炽烈，节奏鲜明急促，传达出一种凛然悲壮、亢直阳刚之美。

26. 从军行

〔唐〕杨　炯

烽火照西京，心中自不平。
牙璋辞凤阙，铁骑绕龙城。
雪暗凋旗画，风多杂鼓声。
宁为百夫长，胜作一书生。

◎ 伴我朗读

①西京：指长安。②牙璋（zhāng）：调兵的符牒。这里指代奉命出征的将帅。③龙城：指敌方要塞。④百夫长：泛指下级武官。

战争的烽火照亮了京城，胸中的波涛已难以平静。将帅奉命出征辞别皇宫，铁骑围困了敌方要塞。大雪使军旗上的图案模糊暗淡，凛冽的寒风夹杂着战鼓声。宁愿做一名百夫长去冲锋陷阵，也不愿做一介柔弱的书生。

边塞爱国

27. 从军行七首（其四）

〔唐〕王昌龄

青海长云暗雪山，
孤城遥望玉门关。
黄沙百战穿金甲，
不破楼兰终不还。

◎ 伴我朗读

①楼兰：古西域国名，泛指侵扰边境的敌人。

这首诗前两句描写边疆环境，后两句写尽管戍边战士的生存环境十分艰苦凶险，但他们报效国家的决心始终坚定不移。诗人以极具概括性的语言表现战士的豪情壮志，使全诗洋溢着慷慨悲壮的英雄气概。

28. 使至塞上

〔唐〕王　维

单车欲问边,属国过居延。
征蓬出汉塞,归雁入胡天。
大漠孤烟直,长河落日圆。
萧关逢候骑,都护在燕然。

◎ 伴我朗读

①问边：到边塞去察看，指慰问守卫边疆的官兵。②属国：官名，典属国的省称。这里代指使臣。③胡天：胡人地域的天空。④候骑：负责侦察的骑兵。⑤燕然：燕然山，这里代指前线。

轻车简从要去慰问边关，使臣已经过了居延。像千里飞蓬飘出汉塞，北归大雁正飞向胡地的天空。浩瀚沙漠中孤烟直上，黄河之上落日浑圆。到萧关遇到侦察骑兵，告诉我都护现在已上前线。

29. 塞下曲（其一）

〔唐〕李　白

五月天山雪，无花只有寒。
笛中闻折柳，春色未曾看。
晓战随金鼓，宵眠抱玉鞍。
愿将腰下剑，直为斩楼兰。

◎ 伴我朗读

①折柳：即《折杨柳》，古乐曲名。②金鼓：古时打仗，进军时击鼓，退军时鸣金。③楼兰：西域古国名。

五月的天山仍是漫天飘雪，看不见花草，只有凛冽的寒气。只有在笛曲《折杨柳》声中才能想象到春光，而现实中这里从来就没有春天。战士们白天在金鼓声中与敌人战斗，晚上抱着马鞍入眠。但愿凭借腰间悬挂的宝剑，能够直取楼兰，立功边疆。

30. 塞下曲

〔唐〕李 益

伏波惟愿裹尸还,
定远何须生入关。
莫遣只轮归海窟,
仍留一箭射天山。

◎ 伴我朗读

①伏波:指汉代的伏波将军马援。②定远:指汉代的定远侯班超。③"莫遣"句:意为要全歼敌人,不让敌人的一辆战车逃回老巢。海窟,指敌人巢穴。④一箭射天山:用唐代名将薛仁贵的典故。

这首诗以马援、班超、薛仁贵等前代定国安邦的名将为比,抒发了将士们奋勇杀敌、保家卫国的豪情壮志。

边塞爱国

31. 过五原胡儿饮马泉

〔唐〕李 益

绿杨著水草如烟,旧是胡儿饮马泉。
几处吹笳明月夜,何人倚剑白云天。
从来冻合关山路,今日分流汉使前。
莫遣行人照容鬓,恐惊憔悴入新年。

◎ 伴我朗读

①五原:地名,即今内蒙古自治区五原。②著(zhuó)水:拂水。③笳(jiā):胡笳,古代军中号角。④莫遣:莫使。

杨柳拂水,青草如烟,这里曾经是胡人的饮马泉。明月当空的夜晚传来几处胡笳声,不知哪位将军挥舞着倚天长剑。昔日冰雪严寒,一直封闭着边关山路,现在河水解冻,分流到了汉使面前。千万不要在饮马泉边临水照影,恐怕会惊讶于自己憔悴的容颜!

32. 雁门太守行

〔唐〕李 贺

黑云压城城欲摧,甲光向日金鳞开。
角声满天秋色里,塞上燕脂凝夜紫。
半卷红旗临易水,霜重鼓寒声不起。
报君黄金台上意,提携玉龙为君死。

伴我朗读

①雁门太守行:乐府《相和歌·瑟调曲》旧题。②燕脂:即胭脂,这里指暮色霞光。③玉龙:宝剑的代称。

敌军似乌云压境,危城似乎要被摧垮,阳光照射在将士的铠甲上,如张开的金色鱼鳞。秋色中响起的号角声直冲云天,塞上云霞犹如胭脂凝成,夜色中浓艳得如紫色。寒风卷动着红旗,部队悄悄临近易水,浓霜湿透了鼓皮,鼓声低沉。为了报答国君的赏赐,甘愿手提宝剑为他血战到死!

33. 书　愤

〔宋〕陆　游

早岁那知世事艰，中原北望气如山。
楼船夜雪瓜洲渡，铁马秋风大散关。
塞上长城空自许，镜中衰鬓已先斑。
出师一表真名世，千载谁堪伯仲间？

◎ 伴我朗读

　　①书愤：书写自己的愤恨之情。②塞上长城：比喻能守边的将领。③伯仲：原指兄弟间的次第，后用来比喻事物不相上下。

　　年轻时哪想过收复中原竟然如此艰难，我常常北望中原气壮如山。雪夜里瓜洲渡陈列着高大的战船，秋风中大散关驰骋着配有铁甲的战马。想当初我自比塞上长城，立志为国家扫除边患，到如今鬓发如霜，豪情壮志都成空谈。诸葛亮的《出师表》真可谓世代流传，千年以来有谁能与他比肩？

34. 枕上偶成

〔宋〕陆 游

放臣不复望修门,身寄江头黄叶村。
酒渴喜闻疏雨滴,梦回愁对一灯昏。
河潼形胜宁终弃?周汉规模要细论。
自恨不如云际雁,南来犹得过中原。

◎ 伴我朗读

①放臣:放逐之臣,这里是诗人自称。②修门:楚国郢都的城门,这里指南宋都城临安。③河潼:黄河和潼关。

我这个被放逐的罪臣不再抱有重回都城的希望,只好托身在这江边满是黄叶的村庄。久未饮酒却欣喜地听到疏落的雨声,梦醒之后满怀愁绪对着一盏昏灯。难道要永久放弃黄河、潼关那样险要的地方?对于周代、汉代建都立国的规模应该细加思索。我怨恨自己还不如云间高飞的鸿雁,它在南飞时还可以经过中原。

35. 十一月四日风雨大作

〔宋〕陆 游

僵卧孤村不自哀,
尚思为国戍轮台。
夜阑卧听风吹雨,
铁马冰河入梦来。

◎ 伴我朗读

①戍轮台:指驻守边疆。戍,守卫。轮台,汉代西域地名,在今新疆轮台,这里泛指北方边疆。②夜阑:夜将尽。③冰河:冰封的河流,指北方地区的河流。

我僵直地卧在孤寂的乡村里,但并不为自己感到悲哀,还想着为国家去戍守边塞。深夜躺在床上听着风吹雨打的声音,梦见披着铁甲的战马奔驰在冰封的河流上。

36. 金陵驿二首

〔宋〕文天祥

其 一

草合离宫转夕晖，孤云飘泊复何依？
山河风景元无异，城郭人民半已非。
满地芦花和我老，旧家燕子傍谁飞？
从今别却江南路，化作啼鹃带血归。

其 二

万里金瓯失壮图，衮衣颠倒落泥涂。
空流杜宇声中血，半脱骊龙颔下须。
老去秋风吹我恶，梦回寒月照人孤。
千年成败俱尘土，消得人间说丈夫。

伴我朗读

①草合：草已长满。②别却：离开。③金瓯（ōu）：金属制成的盛酒器，后借喻疆土的完整坚固。④衮（gǔn）衣：古代帝王及上公绣龙的礼服。⑤骊（lí）龙：黑色的龙。

祥兴元年（1278年），在南方坚持抗元的文天祥兵败被俘，次年被押赴元大都。途中路过金陵（今江苏南京）时，文天祥写下了这两首诗。诗中表现出的亡国之痛以及诗人以死报国的决心，千百年来感动了无数的读者。

第四章 山水田园

37. 观沧海

〔汉〕曹 操

东临碣石，以观沧海。
水何澹澹，山岛竦峙。
树木丛生，百草丰茂。
秋风萧瑟，洪波涌起。
日月之行，若出其中；
星汉灿烂，若出其里。
幸甚至哉，歌以咏志。

◎ 伴我朗读

①碣(jié)石：山名，在今河北昌黎。②澹澹(dàn dàn)：水波摇动的样子。③竦峙(sǒng zhì)：耸立。

本诗以准确生动的语言描绘出海洋浩瀚包容的气象，表现出诗人如海洋般博大的胸襟。

38. 归园田居（其一）

〔晋〕陶渊明

少无适俗韵，性本爱丘山。
误落尘网中，一去三十年。
羁鸟恋旧林，池鱼思故渊。
开荒南野际，守拙归园田。
方宅十余亩，草屋八九间。
榆柳荫后檐，桃李罗堂前。
暧暧远人村，依依墟里烟。
狗吠深巷中，鸡鸣桑树巅。
户庭无尘杂，虚室有余闲。
久在樊笼里，复得返自然。

◎ 伴我朗读

①适俗韵：投合世俗的性情。②羁鸟：关在笼中的鸟。③守拙：谦词，安守愚拙的本性。④暧暧（ài ài）：迷蒙隐约貌。

《归园田居》共五首，反映陶渊明辞官归田后的生活。本诗为组诗的第一首，写诗人归田的原因和融入田园生活的愉悦心情，表达了诗人对虚伪、欺诈的官场的鄙弃和对自然、自由的生活的热爱。

山水田园

39. 饮　酒（其五）

〔晋〕陶渊明

结庐在人境，而无车马喧。
问君何能尔？心远地自偏。
采菊东篱下，悠然见南山。
山气日夕佳，飞鸟相与还。
此中有真意，欲辨已忘言。

◎ 伴我朗读

①结庐：搭建住宅。②尔：这样。③相与还：结伴而归。

这首诗通过对田园生活的描写，传达出诗人悠然自得的心境。诗人认为，当内心远离尘俗的时候，就能从山水田园中领会到大自然所包含的无限意趣，而这种意趣是无法用言语表达的。

40. 滕王阁诗

〔唐〕王 勃

滕王高阁临江渚,佩玉鸣鸾罢歌舞。
画栋朝飞南浦云,朱帘暮卷西山雨。
闲云潭影日悠悠,物换星移几度秋。
阁中帝子今何在?槛外长江空自流。

◎ 伴我朗读

①江渚(zhǔ):江中小洲,也指江边。②帝子:指滕王李元婴。③槛(jiàn):栏杆。

此诗以凝练含蓄的语言概括了《滕王阁序》的内容,气度高远,境界宏大,与《滕王阁序》可谓双璧同辉,相得益彰。

山水田园

41. 春江花月夜

〔唐〕张若虚

春江潮水连海平，海上明月共潮生。
滟滟随波千万里，何处春江无月明！
江流宛转绕芳甸，月照花林皆似霰；
空里流霜不觉飞，汀上白沙看不见。
江天一色无纤尘，皎皎空中孤月轮。
江畔何人初见月？江月何年初照人？
人生代代无穷已，江月年年只相似。
不知江月待何人，但见长江送流水。
白云一片去悠悠，青枫浦上不胜愁。
谁家今夜扁舟子？何处相思明月楼？
可怜楼上月徘徊，应照离人妆镜台。
玉户帘中卷不去，捣衣砧上拂还来。
此时相望不相闻，愿逐月华流照君。
鸿雁长飞光不度，鱼龙潜跃水成文。
昨夜闲潭梦落花，可怜春半不还家。
江水流春去欲尽，江潭落月复西斜。
斜月沉沉藏海雾，碣石潇湘无限路。
不知乘月几人归，落月摇情满江树。

◎ **伴我朗读**

①滟滟（yàn yàn）：波光荡漾的样子。②霰（xiàn）：天空中降落的白色不透明的小冰粒。③扁舟子：飘荡江湖的游子。④捣衣砧（zhēn）：捣衣石、捶布石。

《春江花月夜》原属乐府吴声歌曲，相传是南朝陈后主所作，原词不传。这首诗是张若虚的创作。全诗共三十六句，四句一换韵，清丽的诗句中蕴含着缠绵悱恻的情感和深沉的人生哲思。全诗紧扣春、江、花、月、夜来写，并以月为主体，描绘出一幅优美的月下春江图卷，是唐代最优秀的诗篇之一。

42. 灵隐寺

〔唐〕宋之问

鹫岭郁岧峣，龙宫锁寂寥。
楼观沧海日，门对浙江潮。
桂子月中落，天香云外飘。
扪萝登塔远，刳木取泉遥。
霜薄花更发，冰轻叶未凋。
夙龄尚遐异，搜对涤烦嚣。
待入天台路，看余度石桥。

◎ 伴我朗读

①鹫岭：指杭州灵隐寺前的飞来峰。②岧峣（tiáo yáo）：高峻。③扪（mén）：攀；挽。④刳（kū）木：这里指挖空树木做成取水器具。刳，挖空。⑤夙（sù）龄：早年。⑥天台（tāi）：山名，在今浙江天台。

飞来峰高耸而草木葱郁，灵隐寺的殿宇肃穆寂寥。登楼可以远眺海上日出，寺门正对着钱塘江大潮。常有桂花从月宫中飘落到寺里，佛香能飘上九重云霄。攀缘藤萝登上远处高塔，挖空木头到远处盛取泉水。薄霜下花开得更加旺盛，刚刚冰冻叶子还未凋落。早年爱好远方奇异美景，寻求胜地来洗涤世间喧嚣。等我进入天台山时，看我走过狭长的石桥。

43. 山行留客

〔唐〕张 旭

山光物态弄春晖，
莫为轻阴便拟归。
纵使晴明无雨色，
入云深处亦沾衣。

◎ 伴我朗读

①春晖：春光。②轻阴：阴云。③拟：打算。

　　山上景物在春光中变幻，不要因为天色转阴就打算回家。即使是天气晴朗没有下雨，高山深处的云雾也会沾湿衣服。

44. 与诸子登岘山

〔唐〕孟浩然

人事有代谢,往来成古今。
江山留胜迹,我辈复登临。
水落鱼梁浅,天寒梦泽深。
羊公碑尚在,读罢泪沾襟。

◎ 伴我朗读

①岘(xiàn)山:又名岘首山,在今湖北襄阳。晋代羊祜(hù)镇守襄阳时曾登此山,并有江山依旧而人生短暂的感慨,本诗即发挥这一主题。②鱼梁:沙洲名。③羊公碑:后人为纪念羊祜而立的碑。

人间世事总有盛衰更迭,新旧交替便成为古今。江山留下了名胜古迹,如今我们又来登临。冬末水位下降鱼梁洲更多地露出水面,云梦泽因天气寒冷显得更为幽深。羊公碑如今依然屹立在岘山上,读完碑文泪水沾湿了衣襟。

45. 次北固山下

〔唐〕王 湾

客路青山外,行舟绿水前。
潮平两岸阔,风正一帆悬。
海日生残夜,江春入旧年。
乡书何处达,归雁洛阳边。

◎ 伴我朗读

①次:停留。此处指船停泊。②北固山:在今江苏镇江北,三面临江。

这首诗写诗人乘船思乡,用语巧妙,写景新奇,境界阔大,富含理趣,是千古传诵的名作。

46. 题破山寺后禅院

〔唐〕常 建

清晨入古寺,初日照高林。
曲径通幽处,禅房花木深。
山光悦鸟性,潭影空人心。
万籁此都寂,但余钟磬音。

◎ 伴我朗读

①破山寺:即兴福寺,在今江苏常熟虞山北侧。②曲(qū)径:弯曲的小路。一作"竹径"。③万籁(lài):指自然界的各种声响。④钟磬(qìng):寺庙中常设的乐器。

清早我走进古老的寺院,旭日映照着山上树林。弯弯曲曲的小路通向幽静处,禅房前后花木繁茂幽深。山光明媚使飞鸟更加欢悦,清潭照影令人杂念顿消。此时此刻万物都静寂无声,只能听见敲钟击磬的声音。

47. 山居秋暝

〔唐〕王 维

空山新雨后,天气晚来秋。
明月松间照,清泉石上流。
竹喧归浣女,莲动下渔舟。
随意春芳歇,王孙自可留。

◎ 伴我朗读

①暝(míng):夜晚。②浣(huàn)女:洗衣服的姑娘。浣,洗。③王孙:原指贵族子弟,后来也泛指隐居的人,此处是诗人自指。

一阵新雨过后,青山翠谷越发显得幽静,夜幕降临,凉风吹来,更令人感到秋高气爽。明亮的月光从松间照下来,泉水在山石上潺潺流淌。竹林中传来少女们洗衣归来的欢声笑语,顺流而下的渔舟使莲叶浮动摇摆。尽管那春天的芬芳早已逝去,我还可以长留山中。

48. 汉江临泛

〔唐〕王　维

楚塞三湘接,荆门九派通。
江流天地外,山色有无中。
郡邑浮前浦,波澜动远空。
襄阳好风日,留醉与山翁。

◎ 伴我朗读

　　①楚塞:楚国边界,这里指汉江流域。②三湘:泛指湘江流域。③荆门:指荆门山,在今湖北宜都西北的长江南岸。④九派:指长江在湖北一带的支流。九,形容数量多。派,水的支流。⑤山翁:指晋代的山简,曾镇守襄阳,好饮酒。

　　汉江流经楚地南接三湘,西起荆门东与长江支流连通。壮阔的江水仿佛流到了天地之外,山色空蒙缥缈若有若无。岸边城郭如同在水面上浮动,波涛滚滚好像撼动了远处的天空。襄阳的风光如此美好,真想留下来与山翁日日醉饮。

49. 渭川田家

〔唐〕王 维

斜光照墟落,穷巷牛羊归。
野老念牧童,倚杖候荆扉。
雉雊麦苗秀,蚕眠桑叶稀。
田夫荷锄至,相见语依依。
即此羡闲逸,怅然吟《式微》。

◎ 伴我朗读

①墟落:村落。②荆扉:柴门。③雉雊(gòu):野鸡鸣叫。④《式微》:《诗经·邶风》中的诗篇,诗中反复咏叹:"式微,式微,胡不归?"诗人借以抒发自己急欲归隐田园的心情。

这首诗前八句以白描手法,为我们描绘出一幅温馨优美、清新自然的田家晚归图;末尾二句点明主旨,表达了诗人混迹官场的孤单、苦闷和渴望归隐的急切心情。

山水田园

50. 望天门山

〔唐〕李　白

天门中断楚江开，
碧水东流至此回。
两岸青山相对出，
孤帆一片日边来。

◎ 伴我朗读

①天门山：山名，是今安徽芜湖东梁山与和县西梁山的合称。两山夹江对峙，形势险要，如同一座天设的门户，由此得名。

这首诗写诗人在行舟中远望天门山所见的壮丽景象。前两句写山川形势：先借夹江对峙的山势来表现江水的汹涌澎湃，后借回旋激荡的水势表现天门山的雄伟险峻。后两句写诗人的行舟顺流而下，两岸青山看上去似乎正迎面向自己走来。

51. 庐山谣寄卢侍御虚舟

〔唐〕李 白

我本楚狂人,凤歌笑孔丘。
手持绿玉杖,朝别黄鹤楼。
五岳寻仙不辞远,一生好入名山游。
庐山秀出南斗旁,屏风九叠云锦张,
影落明湖青黛光。
金阙前开二峰长,银河倒挂三石梁。
香炉瀑布遥相望,回崖沓嶂凌苍苍。
翠影红霞映朝日,鸟飞不到吴天长。
登高壮观天地间,大江茫茫去不还。
黄云万里动风色,白波九道流雪山。
好为庐山谣,兴因庐山发。
闲窥石镜清我心,谢公行处苍苔没。
早服还丹无世情,琴心三叠道初成。
遥见仙人彩云里,手把芙蓉朝玉京。
先期汗漫九垓上,愿接卢敖游太清。

◎ 伴我朗读

①"我本"二句：用楚狂接舆作歌嘲笑孔子的典故，表示自己愤世嫉俗、向往隐逸生活。②南斗：星名，即斗宿。古人认为天上星宿与地上州域相对应，庐山一带正是南斗分野。③屏风九叠：指九叠云屏，与下文的"金阙""三石梁""香炉"都是庐山胜景。④苍苍：指天。⑤谢公：指谢灵运。⑥还丹：道家炼制的一种丹药，相传服后可以升仙。⑦琴心三叠：道家术语，指修炼的功夫很深，达到心和神悦的境界。⑧"先期"二句：意为我李白已预先和不可知的仙人在九天外约会，并愿接待卢敖共游仙境。典出《淮南子·道应训》。汗漫，不可知，这里比喻仙人。九垓，九天。太清，最高的天空。

这首诗开篇六句抒怀言志，表达了诗人对世俗的憎恶和对寻仙访道的隐逸生活的向往；中间一段以浓墨重彩描写庐山和长江的雄奇风光；末尾几句照应开头，表现出摆脱世情、遨游仙境的道家思想。整首诗想象瑰丽，境界开阔，气势磅礴，跌宕多姿，尤其是描绘自然风光的一段文字，把山河的瑰玮壮丽摹写得淋漓尽致，令人拍案叫绝。

52. 黄鹤楼

〔唐〕崔　颢

昔人已乘黄鹤去，此地空余黄鹤楼。
黄鹤一去不复返，白云千载空悠悠。
晴川历历汉阳树，芳草萋萋鹦鹉洲。
日暮乡关何处是？烟波江上使人愁。

◎ 伴我朗读

①晴川：指白日照耀下的汉江。②萋萋：青草茂盛的样子。③乡关：故乡。

昔日的仙人已乘着黄鹤飞去，这地方只留下空荡荡的黄鹤楼。黄鹤离去后再也没有返回，千百年来只有白云飘飘悠悠。隔着白日照耀下的江水，汉阳的树木历历可辨，还能看见芳草茂盛的鹦鹉洲。黄昏已至，何处是我家乡？江面上烟波浩渺使人发愁！

53.绝句漫兴九首(其七)

〔唐〕杜 甫

糁径杨花铺白毡,
点溪荷叶叠青钱。
笋根雉子无人见,
沙上凫雏傍母眠。

◎ 伴我朗读

①糁(sǎn)径:指散落杨花的小路。糁,谷类制成的散粒,这里作"散落"讲。②雉(zhì)子:小野鸡。③凫(fú)雏:小野鸭。

杨花散落在小径上,好像铺上了一层白毡,片片荷叶点在溪水中,好像重叠的青铜钱。小野鸡隐伏在竹丛笋根旁边,真不易被人发现,岸边沙滩上,小野鸭甜甜地熟睡在母鸭身边。

54. 江　村

〔唐〕杜　甫

清江一曲抱村流，长夏江村事事幽。
自去自来堂上燕，相亲相近水中鸥。
老妻画纸为棋局，稚子敲针作钓钩。
多病所须唯药物，微躯此外更何求？

◎ 伴我朗读

①清江：清澈的江水。江，指锦江。②微躯：微贱的身躯。这里是作者自谦之词。

清澈的江水曲折地绕村庄流过，长长的夏日里，村中的一切都很清幽。堂上的燕子自由来去，水中的白鸥相互亲近。老妻用纸画了一个棋盘，小儿子敲打缝针制作鱼钩。身体多病只需要一点儿药物，微贱的身躯此外还有什么奢求？

55. 宿洞霄宫

〔宋〕林 逋

秋山不可尽,秋思亦无垠。
碧涧流红叶,青林点白云。
凉阴一鸟下,落日乱蝉分。
此夜芭蕉雨,何人枕上闻?

◎ 伴我朗读

①洞霄宫:道教宫观,在今浙江杭州的大涤山中。

秋天的大涤山美景难以尽览,引起我情思无限。碧绿的山涧中漂流着片片红叶,青葱的树林上空有朵朵白云点染。凉意渐浓,一只鸟儿飞下,落日西斜,只有杂乱的蝉声。今夜雨打芭蕉沙沙作响,谁能够在枕上听到呢?

56. 东　溪

〔宋〕梅尧臣

行到东溪看水时，坐临孤屿发船迟。
野凫眠岸有闲意，老树着花无丑枝。
短短蒲茸齐似剪，平平沙石净于筛。
情虽不厌住不得，薄暮归来车马疲。

◎ 伴我朗读

①东溪：即宛溪，在诗人家乡宣城（今安徽宣城）。②孤屿：指水中的洲渚。③野凫（fú）：野鸭。

我来到东溪边观赏溪景，坐看水中的孤石迟迟舍不得上船离开。野鸭在岸边睡着，充满闲情逸致；老树伸展的花枝每枝都很美丽。溪旁短短的蒲草整齐得似乎经过修剪，平坦的沙岸洁白的沙石好像过了筛子。我虽然迷上了这里但不得不回去，傍晚到家马儿已累得力衰精疲。

57. 书湖阴先生壁

〔宋〕王安石

茅檐长扫净无苔,
花木成畦手自栽。
一水护田将绿绕,
两山排闼送青来。

◎ 伴我朗读

①书:书写,题诗。②湖阴先生:本名杨德逢,隐居之士,是王安石晚年居住金陵紫金山时的邻居。③茅檐:茅屋檐下,这里指庭院。④成畦(qí):成垄成行。畦,经过修整的一块块田地。⑤排闼(tà):开门。闼,小门。

茅草房庭院因经常打扫,所以洁净得没有一丝青苔,花草树木成行满畦,都是主人亲手所栽。院外一条小河保护着农田,把绿色的田地环绕,两座青山像推开的两扇门,把一片翠绿送来。

58. 有美堂暴雨

〔宋〕苏 轼

游人脚底一声雷,满座顽云拨不开。
天外黑风吹海立,浙东飞雨过江来。
十分潋滟金樽凸,千杖敲铿羯鼓催。
唤起谪仙泉洒面,倒倾鲛室泻琼瑰。

◎ 伴我朗读

①顽云:密布不散的乌云。②潋滟(liàn yàn):水满貌。③敲铿(kēng):敲击。铿,碰撞。④羯(jié)鼓:羯族传入的一种鼓。⑤鲛(jiāo)室:传说中水中鲛人的居室,这里指海。

这首诗以豪健雄放的气势、生动形象的比喻和丰富奇特的想象力,将江上暴雨的壮观景象表现得淋漓尽致,历来备受推崇。

59. 雨中登岳阳楼望君山二首

〔宋〕黄庭坚

其 一

投荒万死鬓毛斑,生出瞿塘滟滪关。
未到江南先一笑,岳阳楼上对君山。

其 二

满川风雨独凭栏,绾结湘娥十二鬟。
可惜不当湖水面,银山堆里看青山。

◎ 伴我朗读

①君山:山名,在洞庭湖中。②投荒:贬官到荒僻的地方。③瞿(qú)塘:峡名,在今重庆奉节附近。④滟滪(yàn yù)关:即滟滪堆,是矗立在瞿塘峡口江中的一块大石头。⑤绾(wǎn)结:将头发向上束起。⑥湘娥:指传说中帝舜的两位夫人娥皇和女英,君山是她们居住的地方。⑦鬟(huán):发髻,这里是比喻君山。

其一 贬谪边荒经历万死已是两鬓斑斑,如今活着走出了瞿塘峡滟滪关。还未到江南先自一笑,站在岳阳楼上面对着君山。

其二 满湖风雨我独自倚靠栏杆,君山群峰起伏像湘娥挽成的十二髻鬟。可惜我不能走到湖水中去,只好在银山般的浪堆里观赏君山。

60. 登快阁

〔宋〕黄庭坚

痴儿了却公家事,快阁东西倚晚晴。
落木千山天远大,澄江一道月分明。
朱弦已为佳人绝,青眼聊因美酒横。
万里归船弄长笛,此心吾与白鸥盟。

◎ 伴我朗读

①痴儿:作者自称。②"朱弦"句:用伯牙绝弦的典故。③青眼:指眼睛正视,眼珠在中间,表示对人或物的喜爱。典出《晋书·阮籍传》。

这首诗笔势豪放,气象阔远,是黄庭坚的代表作。快阁(在今江西泰和)也因此诗而闻名天下。

山水田园

61. 临安春雨初霁

〔宋〕陆　游

世味年来薄似纱，谁令骑马客京华？
小楼一夜听春雨，深巷明朝卖杏花。
矮纸斜行闲作草，晴窗细乳戏分茶。
素衣莫起风尘叹，犹及清明可到家。

◎ 伴我朗读

①霁（jì）：雨后或雪后转晴。②世味：人世滋味；社会人情。③京华：京城的美称。④草：指草书。⑤细乳：沏茶时水面呈白色的小泡沫。⑥分茶：品茶。

这些年世态人情淡薄得像纱，可谁让我要骑马客居京城？在小楼上听春雨淅淅沥沥了一夜，深幽小巷中明早会有人卖杏花。纸张短小斜放着，闲时写写草书；在小雨初晴的窗边，看着沏茶时水面冒起的白色小泡沫，细品香茶。不要叹息那京都的尘土会弄脏洁白的衣衫，清明时节还来得及回到山阴老家。

62. 游山西村

〔宋〕陆 游

莫笑农家腊酒浑,丰年留客足鸡豚。
山重水复疑无路,柳暗花明又一村。
箫鼓追随春社近,衣冠简朴古风存。
从今若许闲乘月,拄杖无时夜叩门。

◎ 伴我朗读

①腊酒：腊月里酿造的酒。②足鸡豚：准备了丰盛的菜肴。豚，小猪，诗中代指猪肉。③春社：古代把立春后第五个戊日定为春社日，拜祭社公（土地神）和五谷神，祈求丰收。④闲乘月：有空闲时趁着月光前来。⑤无时：随时。

可别笑话农家自酿的腊酒酒浆浑浊，丰收年杀鸡宰猪盛情款待客人。山峦重重叠叠，溪流迂回曲折，似已无路可走，继续前行，忽然柳树茂密，山花鲜艳，眼前又出现了一座村庄。村里吹箫打鼓，春社祭祀的日子已近，农家人布衣毡帽，淳厚的古风犹存。从今以后，若是您同意我随时来拜访，空闲时我将会拄着拐杖，踏着月色前来叩门。

63. 有 约

〔宋〕赵师秀

黄梅时节家家雨,
青草池塘处处蛙。
有约不来过夜半,
闲敲棋子落灯花。

◎ 伴我朗读

①有约:约客人相会。②黄梅时节:农历四五月间,江南梅子黄熟的一段时期,叫黄梅天。其间阴雨连绵,故用"黄梅时节"来称江南雨季。③落灯花:旧时以油灯照明,灯芯烧残,落下来时好像一朵闪亮的小花。

梅子黄时,家家户户都笼罩在烟雨之中,远远近近那长满青草的池塘里,传出阵阵蛙声。已约好的客人过了午夜却还没有来,我手拿棋子轻轻地敲击着桌面,隔一会儿就会震落一朵灯花。

64. 济南杂诗十首（选四）

〔金〕元好问

其 一

儿时曾过济南城，
暗算存亡只自惊。
四十二年弹指过，
只疑来处是前生。

其 三

华山真是碧芙蕖，
湖水湖光玉不如。
六月行人汗如雨，
西城桥下见游鱼。

其 九

荷叶荷花烂漫秋，
鹭鸶飞近钓鱼舟。
北城佳处经行遍，
留著南山更一游。

山水田园

其十

看山看水自由身,
著处题诗发兴新。
日日扁舟藕花里,
有心长作济南人。

◎ 伴我朗读

①济南:金府名,今山东济南。②弹指:捻弹手指作声,比喻时间短暂。③华山:即华不注山,在今济南市东北。④南山:疑指千佛山,又称历山。

其一 小时候曾经到过济南城,想到这些年人世沧桑暗自心惊。四十二年很快过去了,只怀疑这里曾是我前生。

其三 华山真像一朵没开的绿荷花,玉光也比不上它周围的湖水湖光。六月的行人挥汗如雨,西城桥下的清水中能见到游鱼。

其九 荷叶荷花铺出一片烂漫的初秋美景,鹭鸶飞来靠近湖上钓鱼的小舟。北城的好风景我已经看遍,留着南城外的历山再做畅游。

其十 自由地游览那些山水美景,到处都能引发我的诗兴。天天乘小船穿行在荷花里,真想常住在这里做个济南人。

65. 过洞庭

〔元〕唐 珙

西风吹老洞庭波，
一夜湘君白发多。
醉后不知天在水，
满船清梦压星河。

◎ 伴我朗读

①过洞庭：《全唐诗》误收此诗，题作《题龙阳县青草湖》。②西风：秋风。③湘君：尧的女儿，舜的妃子，死后化为湘水女神。④天在水：天上的银河映在水中。

秋风劲吹，洞庭湖水似乎衰老了许多，一夜愁思，湘君也应白发增多。醉后忘却了天映在水里，满载清梦的小船压在了映在水中的银河上。

第五章 咏物写意

66. 在狱咏蝉

〔唐〕骆宾王

西陆蝉声唱,南冠客思侵。
那堪玄鬓影,来对白头吟。
露重飞难进,风多响易沉。
无人信高洁,谁为表予心?

◎ 伴我朗读

①西陆:指秋天。②南冠:囚徒,典出《左传·成公九年》。这里是诗人自指。③玄鬓:黑色的鬓发,比喻蝉。④白头:诗人自指。⑤高洁:古人认为蝉"饮露而不食",把它当作高洁的象征。这里是诗人以蝉自喻。

唐高宗仪凤三年(678年),诗人因事触怒武后,被诬下狱,在狱中写下了这首名作。此诗于咏蝉中寄托凄恻愤慨的复杂情绪,达到了物我一体的境界,语多双关,意在言外,充分显示了诗的含蓄之美。

67. 古朗月行

〔唐〕李　白

小时不识月，呼作白玉盘。
又疑瑶台镜，飞在青云端。
仙人垂两足，桂树何团团。
白兔捣药成，问言与谁餐？
蟾蜍蚀圆影，大明夜已残。
羿昔落九乌，天人清且安。
阴精此沦惑，去去不足观。
忧来其如何？凄怆摧心肝。

伴我朗读

①"仙人"二句：形容月初生时逐渐明朗的情况。传说月中有仙人和桂树，初生时但见仙人的脚，渐明始见仙人和桂树之影成丛的形状。②"蟾蜍"二句：写月食。传说月食是蟾蜍食月所造成。③九乌：指后羿射落的九个太阳。传说日中有乌。④阴精：月亮。

这是一首主旨隐晦的咏月诗。诗人从儿童时期对月亮的认识写起；接着通过神话传说，写出了月亮初生时圆满、明朗、宛如仙境的景致；之后笔锋一转，写月亮由圆而食，并表达了自己失望、忧愤的情绪。诗中新颖奇妙的想象、丰富恰当的神话传说、行云流水般的文辞和起伏不平的情感，共同构成了瑰丽神奇而含意深蕴的艺术形象。

咏物写意

68. 归　雁

〔唐〕钱　起

潇湘何事等闲回，
水碧沙明两岸苔。
二十五弦弹夜月，
不胜清怨却飞来。

◎ 伴我朗读

①潇湘：两条河名。湘水流到湖南零陵汇合潇水，称为潇湘。②二十五弦：指瑟，一种有二十五根弦的古代乐器。③弹夜月：传说湘水女神善于弹瑟，其声哀怨。④不胜：承受不住。⑤清怨：此处指曲调凄清哀怨。

潇湘下游风景秀丽，水草丰美，大雁你为什么轻易离开这里，回到北方来呢？（大雁说）湘灵在月夜弹瑟，从那二十五弦上弹出的音调实在太凄清、太哀怨了！我承受不住，只好飞回北方。

69. 始闻秋风

〔唐〕刘禹锡

昔看黄菊与君别,今听玄蝉我却回。
五夜飕飗枕前觉,一年颜状镜中来。
马思边草拳毛动,雕眄青云睡眼开。
天地肃清堪四望,为君扶病上高台。

◎ 伴我朗读

①"昔看"二句:这是秋风对诗人说的话。君,秋风对诗人的称呼。玄蝉,秋蝉。我,秋风自称。②五夜:五更。③飕飗(sōu liú):风声。④拳毛:蜷曲的马毛。⑤眄(miǎn):斜视。一作"盼"。

去年看菊花时我和你告别,今年听到蝉叫我又返回。五更时分在枕上听见风声,一年容貌的变化能从镜中看出来。战马思念边地草原蜷毛抖动,鹰雕顾盼青云睡眼睁开。秋高气爽正好极目四望,我为你抱着病登上高台。

咏物写意

70. 秋词二首

〔唐〕刘禹锡

其 一

自古逢秋悲寂寥,
我言秋日胜春朝。
晴空一鹤排云上,
便引诗情到碧霄。

其 二

山明水净夜来霜,
数树深红出浅黄。
试上高楼清入骨,
岂如春色嗾人狂。

◎ 伴我朗读

①春朝(zhāo):本指春天的早晨,这里泛指春天。②嗾(sǒu):使,叫。

其一 自古以来,人们每逢秋天就悲叹寂寞凄凉,我却说秋天要胜过春天。晴朗的天空中一鹤冲破云层,就把我的诗情带到了碧空九霄。

其二 秋天山明水净,夜里下了霜,几棵叶子深红的树在一片黄叶树中格外显眼。登上高楼秋风清凉入骨,哪里像春色那样能使人发狂。

71. 锦　瑟

〔唐〕李商隐

锦瑟无端五十弦，一弦一柱思华年。
庄生晓梦迷蝴蝶，望帝春心托杜鹃。
沧海月明珠有泪，蓝田日暖玉生烟。
此情可待成追忆，只是当时已惘然。

◎ 伴我朗读

　　①锦瑟：装饰华美的瑟。②无端：没来由，无缘无故。③华年：美好的青春年华。

　　《锦瑟》是李商隐最享盛名的诗作之一。这首诗用语含蓄，所用典故又扑朔迷离，因而主旨十分隐晦，引得古今学者揣测纷纷，莫衷一是。这正是此诗的魅力所在。

72. 白　莲

〔唐〕陆龟蒙

素䕺多蒙别艳欺，
此花真合在瑶池。
还应有恨无人觉，
月晓风清欲堕时。

◎ 伴我朗读

①䕺（huā）：古"花"字。②瑶池：神话中西王母居住的地方。

莲花向以"出淤泥而不染"的高洁形象独立群芳，而白莲与红莲相比，更显素雅端庄，冰清玉洁。这首诗歌并未过多描写白莲的外形和色彩，而是着重描写其清丽脱俗的精神风韵。诗人显然在咏物中寄托了自己的主观情感，使物我交融在诗的意境里。

73. 焚书坑

〔唐〕章 碣

竹帛烟销帝业虚,
关河空锁祖龙居。
坑灰未冷山东乱,
刘项元来不读书。

◎ 伴我朗读

①焚书坑:秦始皇焚烧诗书之地,故址在今陕西西安的骊山上。②竹帛:代指书籍。③关河:代指险固的地理形势。④祖龙居:秦始皇的居处,指咸阳。祖龙,代指秦始皇。⑤山东:崤山或华山以东地区。⑥"刘项"句:刘项,刘邦和项羽,秦末两支主要起义军的领袖。元来,即原来。不读书,刘邦和项羽都不是读书人。

燃烧竹帛的青烟散尽,帝业也化为虚无,函谷关和黄河白白护卫着秦始皇的帝居。焚书坑内的灰烬还未冷却,山东已发生暴乱,灭亡秦国的刘邦和项羽原本并不读书。

咏物写意

74. 鹧　鸪

〔唐〕郑　谷

暖戏烟芜锦翼齐，品流应得近山鸡。
雨昏青草湖边过，花落黄陵庙里啼。
游子乍闻征袖湿，佳人才唱翠眉低。
相呼相应湘江阔，苦竹丛深日向西。

◎ 伴我朗读

①烟芜：烟雾中的草丛。亦指云烟迷茫的草地。②品流：品类；流别。③青草湖：今洞庭湖东南部，历史上是屈原流落行吟的地方。④黄陵庙：传说帝舜南巡，死于苍梧。二妃从征，溺于湘江，后人遂立祠于水侧，是为黄陵庙。

这首诗是咏鹧鸪的名篇，历来备受称誉，诗人因此得名"郑鹧鸪"。诗歌首联概写鹧鸪喜暖的习性、斑斓的羽色和与山鸡相近的高雅风致。后三联写鹧鸪的叫声。诗人并未直接摹写其声，而是通过一系列与羁旅愁怀相关的地点、人物和环境描写，着力表现由鹧鸪叫声而产生的哀怨凄切的情韵。全诗构思缜密，用字巧妙，形象传神，感情充沛，确是不可多得的佳作。

75. 山园小梅

〔宋〕林 逋

众芳摇落独暄妍,占尽风情向小园。
疏影横斜水清浅,暗香浮动月黄昏。
霜禽欲下先偷眼,粉蝶如知合断魂。
幸有微吟可相狎,不须檀板共金樽。

◎ 伴我朗读

①暄(xuān)妍：本指天气和煦,景物明媚。此处形容梅花颜色鲜丽夺目。②霜禽：白色的飞鸟。③合：应当。④相狎(xiá)：本指玩弄,此处作"相亲近"解。

百花凋零独有梅花迎着寒风盛开,那明媚艳丽的花朵把小园的风光占尽。稀疏的影子横斜在清浅的水中,清幽的芬芳浮动在月色黄昏。白色的禽鸟想飞下来时,先惭愧地偷看它一眼;粉白的蝴蝶如果知道梅花的洁白,也会落魄失魂。幸喜我能用低声吟诗和它亲近,不用敲着檀板唱歌,也不要饮美酒的金樽。

咏物写意

76. 北陂杏花

〔宋〕王安石

一陂春水绕花身,
花影妖娆各占春。
纵被春风吹作雪,
绝胜南陌碾成尘。

◎ 伴我朗读

①陂(bēi):池塘。②妖娆:娇艳美好。

这是一首托物言志的咏物诗。前两句写杏花临水开放,树上繁花似锦,春意十足;水中倒影妖娆,同样包含着浓郁的春意。花与影相互辉映,生出千姿百态的美。后两句意为:纵然这杏花被风吹落在水中,仍如雪般洁白,远胜过飘落在南陌被车马碾成尘土的杏花。这里诗人以北陂杏花自喻,表达了自己为坚持理想而献身的决心。

77. 花　影

〔宋〕苏　轼

重重迭迭上瑶台，
几度呼童扫不开。
刚被太阳收拾去，
却教明月送将来。

◎ 伴我朗读

①瑶台：神话传说中的神仙居住地。此处借指华美的楼台。②几度：几次。③扫不开：扫不去，扫不掉。

花影一层又一层落在亭台上，几次叫童儿去打扫，可是怎么也扫不掉。傍晚太阳下山，花影刚刚不见，却又让明月送了出来。

78. 海　棠

〔宋〕苏　轼

东风袅袅泛崇光，
香雾空蒙月转廊。
只恐夜深花睡去，
故烧高烛照红妆。

◎ 伴我朗读

①东风：春风。②袅袅（niǎo niǎo）：微风轻轻吹拂的样子。③崇光：华美的光芒，指月光或花光。④空蒙：形容雾气迷茫。⑤红妆：这里用美女比海棠。

袅袅的春风吹动花枝，海棠花瓣泛出了高贵华美的光。花香融在朦胧的雾里，月亮移过了院中的回廊。只怕深夜里花儿也会睡去，所以燃起高高的蜡烛把她细细欣赏。

79. 东栏梨花

〔宋〕苏 轼

梨花淡白柳深青,
柳絮飞时花满城。
惆怅东栏一株雪,
人生看得几清明!

◎ 伴我朗读

①东栏梨花:本诗为《和孔密州五绝》中的第三首。②一株雪:比喻梨花。杜牧《初冬夜饮》诗有"砌下梨花一堆雪"句。

这是一首因梨花盛开而感叹春光易逝、人生如寄的诗篇。前两句总写春色,抓住春末夏初梨花和柳树的特征,表明春天将逝,暗含伤春之感。后两句单写东栏梨花,并借此抒发人生短促的感慨。全诗言短意长,情韵深挚,是苏轼七绝中的名篇。

80. 冬　景

〔宋〕苏　轼

荷尽已无擎雨盖，
菊残犹有傲霜枝。
一年好景君须记，
最是橙黄橘绿时。

◎ 伴我朗读

①擎（qíng）雨盖：喻指荷叶。擎，向上托举。雨盖，旧称雨伞。
②橙黄橘绿：橙、橘皆为常绿乔木，秋天果实成熟。此处指代秋末冬初的景色。

荷花凋谢连那雨伞般的荷叶也枯萎了，菊花虽落但仍有傲寒斗霜的花枝。一年中最好的景致你一定要记住，那就是在橙子金黄、橘子青绿的秋末冬初时。

81. 蝇 虎

〔宋〕陈师道

物微趣下世不数,随力捕生得称虎。
匿形注目摇两股,卒然一击势莫御。
十中失一八九取,吻间流血腹如鼓。
却行奋臂吾甚武,明日淮南作端午。

◎ 伴我朗读

①蝇虎:跳蛛类昆虫,捕食蝇类。②不数:不足道。③卒(cù)然:突然。卒,同"猝"。④却行:倒退走。⑤"明日"句:相传淮南王刘安好方术,端午取蝇虎汁拌豆,豆自踊跃,可击蝇。

虽然蝇虎很小,世人以为微不足道,但它用自己的力量捕蝇才得以称虎。隐藏身形全神贯注摇动两腿,突然跳起谁也挡不住。十次能捕中八九次,吸饱了蝇血肚子大如鼓。退走举臂很威武,后日淮南王端午用它施法术。

咏物写意

82. 梅花绝句

〔宋〕陆　游

闻道梅花坼晓风，
雪堆遍满四山中。
何方可化身千亿？
一树梅花一放翁。

◎ 伴我朗读

　　①坼（chè）：裂开。这里是绽放的意思。②雪堆：指梅花盛开像雪堆似的。③何方：有什么办法。

　　听说山上的梅花已经开放在晨风里，一树树梅花似雪堆布满四周山中。有什么办法能把我自己化为千万人？让每一棵梅花树前都有一个放翁（陆游号）。

83. 寒 夜

〔宋〕杜耒

寒夜客来茶当酒，
竹炉汤沸火初红。
寻常一样窗前月，
才有梅花便不同。

◎ 伴我朗读

①茶当酒：以茶当酒，以茶代酒。②竹炉：用竹篾做成的套子套着的火炉。③汤沸：开水翻滚。

寒冷的夜晚来了客人，用茶当酒，火炉上开水沸腾炉火正红。与平时并没有什么两样的月光照射在窗前，只是窗前有几枝梅花幽幽地一开，就使今夜与往日大不相同。

咏物写意

84. 题榴花

〔宋〕朱　熹

五月榴花照眼明，
枝间时见子初成。
可怜此地无车马，
颠倒青苔落绛英。

◎ 伴我朗读

①题榴花：诗题一作《榴花》，作者署韩愈。②照眼明：比喻石榴花鲜艳夺目。③子初成：石榴刚开始结果。④绛英：大红色的花瓣。此处指鲜红的石榴花瓣。

五月里石榴花开得火红耀眼，石榴果实初长在枝子间。可惜的是此地没有赏花人的车马，大红色的石榴花随意地落在青苔上面。

85. 雪梅二首

〔宋〕卢梅坡

其一
梅雪争春未肯降，
骚人搁笔费评章。
梅须逊雪三分白，
雪却输梅一段香。

其二
有梅无雪不精神，
有雪无诗俗了人。
日暮诗成天又雪，
与梅并作十分春。

◎ 伴我朗读

①降：让步，服输。②骚人：诗人。③评章：评判，评论。④十分春：十足的春色。

其一　梅花和雪花都认为各自占尽了春色，谁也不肯相让。诗人放下笔难写评判文章。梅花虽然没有雪花那样晶莹洁白，但是雪花却少了梅花的一段幽香。

其二　只有梅花没有雪花，也就没有什么气质精神。如果下雪了却没有诗文相合，也会觉得是个俗人。在傍晚写好诗，正好天空又下起了雪，再看梅花雪花一起绽放，就像迎来十足芳春。

第六章 羁旅送别

86. 和晋陵陆丞早春游望

〔唐〕杜审言

独有宦游人,偏惊物候新。
云霞出海曙,梅柳渡江春。
淑气催黄鸟,晴光转绿蘋。
忽闻歌古调,归思欲沾巾。

◎ 伴我朗读

①晋陵:唐时县名,治所在今江苏常州。②黄鸟:黄莺。③绿蘋(pín):指水中浮萍。

只有远离故乡外出做官之人,特别敏感自然物候变化更新。云霞灿烂旭日即将从海上升起,红梅和绿柳也渡江迎春。暖和的春气催促着黄莺歌唱,晴朗的阳光下绿萍颜色转深。忽然听到你用古朴的曲调吟唱,勾起归乡情怀令人泪湿衣襟。

87. 送杜少府之任蜀州

〔唐〕王 勃

城阙辅三秦,风烟望五津。
与君离别意,同是宦游人。
海内存知己,天涯若比邻。
无为在歧路,儿女共沾巾。

◎ 伴我朗读

①城阙:此处指唐朝的京都长安。②辅三秦:辅,护持,拱卫。三秦,长安附近的关中地区。③五津:指四川岷江中的五个渡口,此处用来代指蜀州。④无为:不要。

古代三秦之地拱卫着长安城宫阙,风烟迷茫望不到蜀州岷江的五津。与你挥手作别时怀有难舍的情意,你我都是远离故乡出外做官之人。四海之内有你做我知己,虽远隔天涯都像在一起为邻。请别在分手的路口伤心痛哭,就像多情的少年男女彼此泪沾衣襟。

88. 春夜别友人（其一）

〔唐〕陈子昂

银烛吐青烟，金樽对绮筵。
离堂思琴瑟，别路绕山川。
明月隐高树，长河没晓天。
悠悠洛阳道，此会在何年！

◎ 伴我朗读

①绮筵（qǐ yán）：华美的宴席。②琴瑟：指朋友宴会之乐，同时借用琴瑟演奏时音韵协调来比拟朋友之间情意深厚。③长河：银河。

明亮的蜡烛吐着缕缕青烟，高举金杯面对精美丰盛的宴席。饯别的厅堂里回忆着朋友的情意，分别后要绕山过水，路途遥远。宴席一直持续到明月隐蔽在高树之后，银河消失在拂晓之间。走在这悠长的洛阳道上，不知什么时候才能相见！

89. 洛中访袁拾遗不遇

〔唐〕孟浩然

洛阳访才子,
江岭作流人。
闻说梅花早,
何如此地春。

◎ 伴我朗读

①袁拾遗:诗人的朋友。拾遗,官名。②江岭:指大庾岭,位于今江西大余和广东南雄的交界处,是唐代流放罪人的地方。③流人:获罪被贬官流放的人。④何如:怎么比得上。⑤此地:指洛阳。

我到洛阳拜访才子袁拾遗,他却已被流放到大庾岭。听说那里梅花开得很早,可怎么能比得上洛阳的春天!

羁旅送别

90. 送郭司仓

〔唐〕王昌龄

映门淮水绿，
留骑主人心。
明月随良掾，
春潮夜夜深。

◎ 伴我朗读

①郭司仓：诗人的朋友，姓郭，司仓是管理仓库的小官。②留骑：留客。骑，坐骑。③良掾（yuàn）：好官，此指郭司仓。掾，古代府、州、县属官的通称。

碧绿的淮水映照着大门，不希望你离去是我的真心。明月会追随你这个好官，我思念你的心绪会像夜夜春潮一样深。

91. 芙蓉楼送辛渐（其一）

〔唐〕王昌龄

寒雨连江夜入吴，
平明送客楚山孤。
洛阳亲友如相问，
一片冰心在玉壶。

◎ 伴我朗读

①芙蓉楼：城楼名，原址在今江苏镇江。②吴：与下一句中的"楚"均泛指芙蓉楼所在的镇江一带。③平明：清晨。④冰心：与"玉壶"均比喻人的清廉正直。

迷蒙的烟雨连夜洒遍吴地江天，清晨送走你，独对楚山有无限离愁！洛阳亲友若是问起我来，就说我的心像冰在玉壶一般晶莹剔透。

92. 送友人

〔唐〕李 白

青山横北郭,白水绕东城。
此地一为别,孤蓬万里征。
浮云游子意,落日故人情。
挥手自兹去,萧萧班马鸣。

◎ 伴我朗读

①北郭:外城的北面。②孤蓬:喻指远行的朋友。③自兹去:从此分手。兹,此。④萧萧:马的嘶叫声。⑤班马:离群的马,这里指载人远离的马。班,离别。

青翠的山峦横卧在城北,清澈的流水围绕着东城。在此地我们相互道别,你就像万里飘荡的孤蓬。浮云像游子一样行踪不定,夕阳徐徐落下不舍我们的友情。挥挥手从此分别了,载他远行的马也萧萧长鸣。

93. 与史郎中钦听黄鹤楼上吹笛

〔唐〕李 白

一为迁客去长沙,
西望长安不见家。
黄鹤楼中吹玉笛,
江城五月落梅花。

◎ 伴我朗读

①迁客:遭贬斥放逐之人。②江城:指江夏,今湖北武昌。③落梅花:指笛曲《梅花落》。

一旦被贬谪去往长沙,向西遥望长安再也看不到家。在黄鹤楼上听到凄凉的笛曲《梅花落》,仿佛五月的江城落满了梅花。

羁旅送别

94. 宣州谢朓楼饯别校书叔云

〔唐〕李 白

弃我去者，昨日之日不可留；
乱我心者，今日之日多烦忧。
长风万里送秋雁，对此可以酣高楼。
蓬莱文章建安骨，中间小谢又清发。
俱怀逸兴壮思飞，欲上青天览明月。
抽刀断水水更流，举杯销愁愁更愁。
人生在世不称意，明朝散发弄扁舟。

◎ 伴我朗读

①饯别：以酒食送行。②校书：官名，即秘书省校书郎，掌管朝廷的图书整理工作。③蓬莱文章：指文章繁复。④建安骨：指汉末建安时期曹操父子和建安七子等人诗文的刚健慷慨的风格。⑤小谢：指谢朓，南朝齐诗人。⑥清发：指清新俊逸的诗风。⑦览：同"揽"，摘取。⑧称（chèn）意：称心如意。

弃我而去的昨天已不可挽留，扰乱我心绪的今天使我更为烦恼忧愁。万里长风吹送南归的鸿雁，面对此景，正可以开怀畅饮登上高楼。你的文章有着建安风骨，而我的诗风也像谢朓那样俊逸风流。我们都满怀豪情逸致，壮心飞扬，想要去摘取青天上的明月。我抽出宝刀去砍流水，水反而流得更湍急，举杯痛饮想要消除烦忧，反倒愁上加愁。人生在世竟然如此不称心如意，还不如明天就披散着头发，乘一只小舟在江湖之上自在地漂流。

95. 旅夜书怀

〔唐〕杜 甫

细草微风岸,危樯独夜舟。
星垂平野阔,月涌大江流。
名岂文章著,官应老病休。
飘飘何所似?天地一沙鸥。

◎ 伴我朗读

①书怀:抒发情怀。②危樯(qiáng):高高的樯杆。

微风吹拂着江岸的细草,夜里孤独地停泊樯杆高高的小舟。星星垂在天边,平野越显宽阔,月亮随波涌出,大江滚滚东流。我难道是因为文章而著名吗?年老多病仕途也应该罢休。自己到处漂泊像什么呢?就像天地间那只孤零零的沙鸥。

羁旅送别

96. 左迁至蓝关示侄孙湘

〔唐〕韩 愈

一封朝奏九重天,夕贬潮阳路八千。
欲为圣明除弊事,肯将衰朽惜残年。
云横秦岭家何在?雪拥蓝关马不前。
知汝远来应有意,好收吾骨瘴江边。

◎ 伴我朗读

①一封朝奏:指诗人上奏给唐宪宗的《谏佛骨表》。②九重天:这里指皇帝,即唐宪宗。③瘴(zhàng)江边:指盛行瘴气的潮州一带。

早上刚呈送给皇帝一封奏章,晚上就被贬到八千里外的潮州。本意是想为皇帝革除弊政,哪里敢顾惜自己衰朽的残年。云雾横在秦岭山上家在哪里?雪落在蓝田关上马不向前。你远来应该是知道我此行凶多吉少,好在遍布瘴气的江边收敛我的尸骨。

97. 商山早行

〔唐〕温庭筠

晨起动征铎,客行悲故乡。
鸡声茅店月,人迹板桥霜。
槲叶落山路,枳花明驿墙。
因思杜陵梦,凫雁满回塘。

◎ 伴我朗读

①征铎(duó):远行车马所挂的铃铛。②槲(hú):一种落叶乔木。③枳(zhǐ):又称枸橘、臭橘,一种落叶灌木或小乔木。④驿墙:驿舍的围墙。驿,旅店。

这首诗通过鲜明的艺术形象,真切地反映了羁旅之人思念故乡的普遍感受,很容易引起读者情感上的共鸣,因而广为传诵。

98. 黄溪夜泊

〔宋〕欧阳修

楚人自古登临恨，暂到愁肠已九回。
万树苍烟三峡暗，满川明月一猿哀。
非乡况复惊残岁，慰客偏宜把酒杯。
行见江山且吟咏，不因迁谪岂能来！

◎ 伴我朗读

①黄溪：水名，在夷陵（今属湖北宜昌）。宋仁宗景祐年间，欧阳修被贬此地。②"楚人"句：夷陵旧属楚地。战国时楚人宋玉作《九辩》，有"憭栗兮若在远行，登山临水兮送将归"句。

自古以来楚人登山临水往往多愁善感，我刚到这里就已经忧愁难忍。莽莽苍苍的树木和终日不散的云烟，使三峡显得阴沉，开阔的江面明月高悬，传来一只猿猴的哀吟。远离故乡又逢岁暮年关，让人心惊，要想安慰孤独的情怀，最好还是开怀畅饮。看见秀美的山水不妨高声吟咏，如果不是贬官外放，又怎能到这奇山异水来！

99. 食荔支二首（其二）

〔宋〕苏 轼

罗浮山下四时春，
卢橘杨梅次第新。
日啖荔支三百颗，
不辞长作岭南人。

◎ 伴我朗读

①荔支：即荔枝。②罗浮山：在今广东博罗。③卢橘：指枇杷。④啖（dàn）：吃。⑤岭南：五岭以南的地区，即今广东、广西一带。

绍圣元年（1094年），苏轼被贬惠州（今广东惠州）。屡次遭贬、投身边荒的经历并没有击垮诗人。他很快适应了这里的风土人情，开始了一段新的多姿多彩的生活。这首诗作于绍圣三年。诗人巧用戏语，传神地表达了他对岭南风物的热爱和赞美。诗风轻快明朗、夸张风趣，体现了诗人乐观向上的生活态度。

第七章 唱和赠答

100. 赠从弟（其二）

〔汉〕刘 桢

亭亭山上松,瑟瑟谷中风。
风声一何盛,松枝一何劲!
冰霜正惨凄,终岁常端正。
岂不罹凝寒,松柏有本性。

◎ 伴我朗读

①亭亭：直立貌。②一何：多么。③劲（jìng）：坚强有力。④罹（lí）：遭受。⑤本性：固有的性质或个性。

这是诗人赠给从弟的诗作，诗人以劲松为喻，勉励从弟要有高洁坚贞的品质：高山上的松树挺拔耸立，山谷中的狂风呼啸不息。风声是多么的猛烈，而松枝是多么的刚劲！任凭冰霜凄惨，松树终年端端正正地耸立在那里。难道松树没有遭受严寒的打击？不，是松柏天生有耐寒的品性。

101. 望洞庭湖赠张丞相

〔唐〕孟浩然

八月湖水平,涵虚混太清。
气蒸云梦泽,波撼岳阳城。
欲济无舟楫,端居耻圣明。
坐观垂钓者,徒有羡鱼情。

◎ **伴我朗读**

①张丞相:即张九龄,为唐玄宗时名相。②涵虚:指天空倒映在水中。③太清:天空的代称。④云梦泽:我国古代巨大的湖泊沼泽区。⑤耻圣明:愧对当今圣明之世。⑥徒有羡鱼情:暗喻自己空有从政愿望却无人推荐。

八月洞庭湖水涨满与岸齐平,漫无边际接连天空。云梦二泽水汽蒸腾茫茫一片,波涛汹涌像要把岳阳城撼动。我想渡水苦于找不到船和桨,圣明时代闲居实在羞愧难容。闲坐观看别人临河垂钓,只有空空羡慕别人得鱼的心情。

102. 秋登万山寄张五

〔唐〕孟浩然

北山白云里，隐者自怡悦。
相望试登高，心随雁飞灭。
愁因薄暮起，兴是清秋发。
时见归村人，沙行渡头歇。
天边树若荠，江畔洲如月。
何当载酒来，共醉重阳节。

◎ 伴我朗读

①兴：兴致。②发：激发。③沙行：在沙滩上行走。④荠（jì）：荠菜。

这首诗是怀人之作。诗人因思念友人而登高远望，望而不见友人，只见北雁南飞，村人暮归，远树若荠，沙洲如月。诗人触景生情，思念友人之意更浓，于是写诗寄意。"何当载酒来，共醉重阳节"，这是喟叹，又是希冀，充分表现了诗人对友人的深切思念和他们之间的深厚情谊。全诗写情飘逸而真挚，写景清淡而优美，情景交融，是诗人的代表作之一。

103. 赠卫八处士

〔唐〕杜　甫

人生不相见，动如参与商。
今夕复何夕，共此灯烛光。
少壮能几时？鬓发各已苍！
访旧半为鬼，惊呼热中肠。
焉知二十载，重上君子堂。
昔别君未婚，儿女忽成行。
怡然敬父执，问我来何方。
问答未及已，儿女罗酒浆。
夜雨剪春韭，新炊间黄粱。
主称会面难，一举累十觞。
十觞亦不醉，感子故意长。
明日隔山岳，世事两茫茫。

◎ 伴我朗读

①"人生"二句：极言朋友会面之难。参（shēn）、商，二星名，两者不能同时出现在天空中，常用来比喻亲友不能会面。②"访旧"二句：意思是老朋友大多已经亡故了，令人深感悲痛。③父执：父亲的朋友，这里是诗人自指。④间（jiàn）：掺和。

这首诗写老友久别重逢的场景，抒情、叙事均十分真切；形式上平易朴实、层次井然，却蕴含着极为丰富复杂的情感内涵。

唱和赠答

104. 赠花卿

〔唐〕杜 甫

锦城丝管日纷纷,
半入江风半入云。
此曲只应天上有,
人间能得几回闻?

◎ 伴我朗读

①花卿：指成都守将花敬定。②丝管：弦乐器和管乐器的统称，这里泛指音乐。

这是一首含蓄婉转的讽刺诗。花敬定曾因平叛立过战功，他居功自傲，僭用天子音乐。杜甫赠此诗予以委婉的讽刺。全诗虚实相生，将乐曲的美妙赞誉到了极致，但又柔中带刚，寓讽于谀，将讽刺之旨既含蓄又有力地表达了出来。

105. 示张寺丞王校勘

〔宋〕晏 殊

元巳清明假未开,小园幽径独徘徊。
春寒不定斑斑雨,宿酒难禁滟滟杯。
无可奈何花落去,似曾相识燕归来。
游梁赋客多风味,莫惜青钱万选才。

◎ 伴我朗读

①元巳:即上巳,旧时节日名。②假:休假。③游梁:西汉时梁孝王好宾客,当时才士多游梁园。④青钱万选:比喻文章出众,是万里挑一的人才。

上巳清明的假期还没有结束,我独自在小园幽径徘徊。春天里寒暖不定,忽地又飘下密雨,带着昨晚未醒的酒意,禁不住再将清酒斟满。人生最叫人无奈的是鲜花片片凋落,似曾相识的燕子又飞回这旧巢来。漫游梁园的文人雅士诗情满怀,不要吝惜那万里挑一的超群之才。

唱和赠答

106. 答丁元珍

〔宋〕欧阳修

春风疑不到天涯,二月山城未见花。
残雪压枝犹有橘,冻雷惊笋欲抽芽。
夜闻归雁生乡思,病入新年感物华。
曾是洛阳花下客,野芳虽晚不须嗟。

◎ 伴我朗读

①答丁元珍:这是诗人被贬为峡州夷陵(今湖北宜昌)县令时,酬答朋友丁元珍的诗。②花下客:当时的洛阳园林花木十分繁盛,诗人曾在那里做过官,所以自称"花下客"。

我怀疑温暖的春风吹不到这遥远的天涯,早春二月山城还见不到一朵花。残雪压弯了树枝,枝上还挂着橘子,春雷震动,似乎在惊醒竹笋赶快抽芽。夜里听见雁鸣惹起我无穷的乡思,病中迎来新春,感念迟来的芳华。我曾在洛阳做官,游赏在牡丹花下,这里的野花虽开得晚,也不必感伤哀叹吧?

107. 和子由渑池怀旧

〔宋〕苏 轼

人生到处知何似?应似飞鸿踏雪泥。
泥上偶然留指爪,鸿飞那复计东西。
老僧已死成新塔,坏壁无由见旧题。
往日崎岖还记否,路长人困蹇驴嘶。

◎ 伴我朗读

①和子由渑(miǎn)池怀旧:这首诗是和苏辙《怀渑池寄子瞻兄》而作。子由,即苏辙。②"老僧"二句:苏轼与苏辙早年赴京应举,途中曾寄宿奉闲僧舍并题诗壁上。老僧,即僧人奉闲。新塔,古代僧人死后以塔埋葬骨灰。③蹇(jiǎn)驴:腿脚不灵便的驴子。蹇,跛脚。

人生在世奔波跋涉,你觉得像是什么?我看真像随处乱飞的大雁,偶然落脚在雪地上。它只是偶然在这块雪地上留下一些爪印,不知道接下来会飞去哪里。老和尚奉闲已经去世,他留下的只有一座藏骨灰的新塔,我们也没有机会再看看当年题诗的残破墙壁。你还记得当时去渑池的崎岖旅程吗?路远人乏,驴子也累得叫呢。

唱和赠答

108. 寄黄几复

〔宋〕黄庭坚

我居北海君南海,寄雁传书谢不能。
桃李春风一杯酒,江湖夜雨十年灯。
持家但有四立壁,治病不蕲三折肱。
想得读书头已白,隔溪猿哭瘴溪藤。

◎ 伴我朗读

①谢:谢绝,推辞。②"持家"句:称赞黄几复为官清贫,又善于处理政事。蕲(qí),祈求。三折肱(gōng),多次折断胳膊。古代有三折肱而为良医的说法,诗人这里反用其意,以治病比喻友人的理政能力。

我住在北方海滨,而你住在南方海滨,欲托鸿雁传书,它却推辞说飞不过去。当年春风下观赏桃李共饮美酒,一别十年,秋雨中常对着孤灯思念你。你为官清贫,家中只有四堵空墙,不必多次折断手臂就能成为良医治病救人(不用过多积累经验教训就能处理好政事)。想到你发奋读书头发已白,隔着充满瘴气的山溪,猿猴在青藤上哀鸣。

第八章 社会写真

109. 十五从军征

汉乐府

十五从军征,八十始得归。
道逢乡里人,家中有阿谁?
遥望是君家,松柏冢累累。
兔从狗窦入,雉从梁上飞。
中庭生旅谷,井上生旅葵。
舂谷持作饭,采葵持作羹。
羹饭一时熟,不知贻阿谁。
出门东向看,泪落沾我衣。

◎ 伴我朗读

①冢(zhǒng):坟墓。②狗窦(dòu):给狗出入的墙洞。窦,洞穴。③雉(zhì):野鸡。④舂(chōng):把东西放在石臼或乳钵里捣掉皮壳或捣碎。⑤羹(gēng):这里指糊状的菜。⑥贻(yí):送。

这是一首叙事诗,描绘了一个退伍老兵返乡途中和到家之后的悲惨境况,抒发了这一老兵的情感,也反映了当时的社会现实,具有重要的典型意义。

110. 兵车行

〔唐〕杜 甫

车辚辚,马萧萧,行人弓箭各在腰。

耶娘妻子走相送,尘埃不见咸阳桥。

牵衣顿足拦道哭,哭声直上干云霄。

道旁过者问行人,行人但云点行频。

或从十五北防河,便至四十西营田。

去时里正与裹头,归来头白还戍边。

边庭流血成海水,武皇开边意未已。

君不闻汉家山东二百州,千村万落生荆杞。

纵有健妇把锄犁,禾生陇亩无东西。

况复秦兵耐苦战,被驱不异犬与鸡。

长者虽有问,役夫敢申恨?

且如今年冬,未休关西卒。

县官急索租,租税从何出?

信知生男恶,反是生女好。

生女犹得嫁比邻,生男埋没随百草。

君不见青海头,古来白骨无人收。

新鬼烦冤旧鬼哭,天阴雨湿声啾啾!

◎ 伴我朗读

①辚辚（lín lín）：车行声。②行人：指被征出发的士兵。③耶：同"爷"，父亲。④干（gān）云霄：冲犯云霄。干，冲。⑤"或从"四句：写被征从军者长年在外征战。⑥武皇：汉武帝刘彻，这里代指唐玄宗。下文"汉家"也是指唐王朝。⑦荆杞：荆棘和枸杞，都是野生灌木。⑧秦兵：指关中一带的士兵。⑨青海头：即青海边。这里是自汉代以来，汉族经常与西北少数民族发生战争的地方。⑩啾啾（jiū jiū）：象声词，形容凄厉的哭叫声。

这是一首叙事诗，借一出征士兵之口，表达了人民对穷兵黩武的统治者的痛恨。全诗寓情于事，思想深刻，叙述前后呼应，严谨缜密，声调抑扬顿挫，情感起伏曲折，不愧为杜诗中的名篇。

111. 羌村三首（其一）

〔唐〕杜 甫

峥嵘赤云西，日脚下平地。
柴门鸟雀噪，归客千里至。
妻孥怪我在，惊定还拭泪。
世乱遭飘荡，生还偶然遂！
邻人满墙头，感叹亦歔欷。
夜阑更秉烛，相对如梦寐。

◎ 伴我朗读

①峥嵘：山高貌，这里形容状如山峰的云。②赤云：被落日映红的云。③妻孥（nú）：妻子和儿女。④歔欷（xū xī）：哽咽，悲泣。

这首诗写战乱中流离失散的亲人相见的情景。诗人以朴素凝练的语言，将初见家人、邻居时悲喜交集的复杂情感表现得淋漓尽致，真挚感人。

112. 长恨歌

〔唐〕白居易

汉皇重色思倾国，御宇多年求不得。
杨家有女初长成，养在深闺人未识。
天生丽质难自弃，一朝选在君王侧。
回眸一笑百媚生，六宫粉黛无颜色。
春寒赐浴华清池，温泉水滑洗凝脂。
侍儿扶起娇无力，始是新承恩泽时。
云鬓花颜金步摇，芙蓉帐暖度春宵。
春宵苦短日高起，从此君王不早朝。
承欢侍宴无闲暇，春从春游夜专夜。
后宫佳丽三千人，三千宠爱在一身。
金屋妆成娇侍夜，玉楼宴罢醉和春。
姊妹弟兄皆列土，可怜光彩生门户。
遂令天下父母心，不重生男重生女。
骊宫高处入青云，仙乐风飘处处闻。
缓歌慢舞凝丝竹，尽日君王看不足。
渔阳鼙鼓动地来，惊破霓裳羽衣曲。
九重城阙烟尘生，千乘万骑西南行。
翠华摇摇行复止，西出都门百余里。
六军不发无奈何，宛转蛾眉马前死。

花钿委地无人收，翠翘金雀玉搔头。
君王掩面救不得，回看血泪相和流。
黄埃散漫风萧索，云栈萦纡登剑阁。
峨嵋山下少人行，旌旗无光日色薄。
蜀江水碧蜀山青，圣主朝朝暮暮情。
行宫见月伤心色，夜雨闻铃肠断声。
天旋日转回龙驭，到此踌躇不能去。
马嵬坡下泥土中，不见玉颜空死处。
君臣相顾尽沾衣，东望都门信马归。
归来池苑皆依旧，太液芙蓉未央柳。
芙蓉如面柳如眉，对此如何不泪垂。
春风桃李花开日，秋雨梧桐叶落时。
西宫南苑多秋草，落叶满阶红不扫。
梨园弟子白发新，椒房阿监青娥老。
夕殿萤飞思悄然，孤灯挑尽未成眠。
迟迟钟鼓初长夜，耿耿星河欲曙天。
鸳鸯瓦冷霜华重，翡翠衾寒谁与共。
悠悠生死别经年，魂魄不曾来入梦。
临邛道士鸿都客，能以精诚致魂魄。
为感君王辗转思，遂教方士殷勤觅。
排空驭气奔如电，升天入地求之遍。
上穷碧落下黄泉，两处茫茫皆不见。
忽闻海上有仙山，山在虚无缥缈间。

楼阁玲珑五云起，其中绰约多仙子。
中有一人字太真，雪肤花貌参差是。
金阙西厢叩玉扃，转教小玉报双成。
闻道汉家天子使，九华帐里梦魂惊。
揽衣推枕起徘徊，珠箔银屏迤逦开。
云鬓半偏新睡觉，花冠不整下堂来。
风吹仙袂飘飘举，犹似霓裳羽衣舞。
玉容寂寞泪阑干，梨花一枝春带雨。
含情凝睇谢君王，一别音容两渺茫。
昭阳殿里恩爱绝，蓬莱宫中日月长。
回头下望人寰处，不见长安见尘雾。
惟将旧物表深情，钿合金钗寄将去。
钗留一股合一扇，钗擘黄金合分钿。
但教心似金钿坚，天上人间会相见。
临别殷勤重寄词，词中有誓两心知。
七月七日长生殿，夜半无人私语时。
在天愿作比翼鸟，在地愿为连理枝。
天长地久有时尽，此恨绵绵无绝期。

◎ 伴我朗读

①汉皇：指唐明皇。②御宇：治理天下。③"姊妹"句：杨贵妃受宠后，其兄弟姐妹皆得到封赏。列土，分封土地。④骊（lí）宫：指骊山上的华清宫。⑤渔阳鼙（pí）鼓：指安禄山在渔阳起兵叛乱。⑥花钿（diàn）：用金翠珠宝制成的花形首饰。⑦马嵬（wéi）坡：在今陕西兴平西。⑧临邛（qióng）：今四川邛崃。⑨玉扃（jiōng）：玉饰的门户。⑩迤逦（yǐ lǐ）：曲折连绵。

这首诗生动地叙述了唐玄宗和杨贵妃的爱情悲剧，同时也从侧面描写了"安史之乱"这一重大历史事件。全诗情感缠绵悱恻，文字哀艳动人，声调婉转悠扬。诗人将叙事、写景、抒情糅合在一起，用环境描写渲染意境、抒发情感，手法很高明，具有浪漫色彩，堪称千古绝唱。

113. 琵琶行（并序）

〔唐〕白居易

元和十年，予左迁九江郡司马。明年秋，送客湓浦口，闻舟中夜弹琵琶者，听其音，铮铮然有京都声。问其人，本长安倡女，尝学琵琶于穆、曹二善才，年长色衰，委身为贾人妇。遂命酒，使快弹数曲。曲罢悯然，自叙少小时欢乐事，今漂沦憔悴，转徙于江湖间。予出官二年，恬然自安，感斯人言，是夕始觉有迁谪意。因为长句，歌以赠之，凡六百一十六言，命曰《琵琶行》。

浔阳江头夜送客，枫叶荻花秋瑟瑟。
主人下马客在船，举酒欲饮无管弦。
醉不成欢惨将别，别时茫茫江浸月。
忽闻水上琵琶声，主人忘归客不发。
寻声暗问弹者谁，琵琶声停欲语迟。
移船相近邀相见，添酒回灯重开宴。
千呼万唤始出来，犹抱琵琶半遮面。
转轴拨弦三两声，未成曲调先有情。
弦弦掩抑声声思，似诉平生不得志。
低眉信手续续弹，说尽心中无限事。
轻拢慢捻抹复挑，初为《霓裳》后《六幺》。
大弦嘈嘈如急雨，小弦切切如私语。
嘈嘈切切错杂弹，大珠小珠落玉盘。

间关莺语花底滑,幽咽泉流冰下难。
冰泉冷涩弦凝绝,凝绝不通声暂歇。
别有幽愁暗恨生,此时无声胜有声。
银瓶乍破水浆迸,铁骑突出刀枪鸣。
曲终收拨当心画,四弦一声如裂帛。
东船西舫悄无言,唯见江心秋月白。
沉吟放拨插弦中,整顿衣裳起敛容。
自言本是京城女,家在虾蟆陵下住。
十三学得琵琶成,名属教坊第一部。
曲罢曾教善才服,妆成每被秋娘妒。
五陵年少争缠头,一曲红绡不知数。
钿头银篦击节碎,血色罗裙翻酒污。
今年欢笑复明年,秋月春风等闲度。
弟走从军阿姨死,暮去朝来颜色故。
门前冷落鞍马稀,老大嫁作商人妇。
商人重利轻别离,前月浮梁买茶去。
去来江口守空船,绕船月明江水寒。
夜深忽梦少年事,梦啼妆泪红阑干。
我闻琵琶已叹息,又闻此语重唧唧。
同是天涯沦落人,相逢何必曾相识!
我从去年辞帝京,谪居卧病浔阳城。
浔阳地僻无音乐,终岁不闻丝竹声。

住近湓江地低湿,黄芦苦竹绕宅生。
其间旦暮闻何物?杜鹃啼血猿哀鸣。
春江花朝秋月夜,往往取酒还独倾。
岂无山歌与村笛,呕哑嘲哳难为听。
今夜闻君琵琶语,如听仙乐耳暂明。
莫辞更坐弹一曲,为君翻作《琵琶行》。
感我此言良久立,却坐促弦弦转急。
凄凄不似向前声,满座重闻皆掩泣。
座中泣下谁最多?江州司马青衫湿。

◎ 伴我朗读

①湓(pén)浦口:湓江流入长江的地方。②贾(gǔ)人:商人。③荻(dí):植物名。生在水边,秋天开花。④虾(há)蟆陵:地名,在长安城东南。⑤绡(xiāo):精美的丝织品。⑥钿头银篦(bì):镶着金花的银质发篦。钿,金花。篦,一种梳头用具。⑦呕哑(ōu yā)嘲哳(zhāo zhā):形容声音嘶哑杂乱。

《琵琶行》是古代长篇叙事诗中的杰作。诗人在诗中对琵琶女的身世寄予了深深的同情,并联系到自己被贬的经历,发出了"同是天涯沦落人,相逢何必曾相识"的感叹,也表达了自己内心的悲愤。全诗人物性格鲜明,叙事详略得当,以景物渲染气氛,诗句如行云流水,婉转曲折又流畅,富有音乐美,显示出诗人卓越的艺术才华。特别是描写琵琶女高超技艺的片段,用视觉写听觉,比喻贴切,把乐曲刻画得鲜活生动,堪称绝妙。

社会写真

114. 卖炭翁

〔唐〕白居易

卖炭翁,伐薪烧炭南山中。
满面尘灰烟火色,两鬓苍苍十指黑。
卖炭得钱何所营?身上衣裳口中食。
可怜身上衣正单,心忧炭贱愿天寒。
夜来城外一尺雪,晓驾炭车辗冰辙。
牛困人饥日已高,市南门外泥中歇。
翩翩两骑来是谁?黄衣使者白衫儿。
手把文书口称敕,回车叱牛牵向北。
一车炭,千余斤,宫使驱将惜不得。
半匹红纱一丈绫,系向牛头充炭直。

◎ 伴我朗读

①何所营:做什么用。②黄衣使者白衫儿:指宦官。③口称敕:嘴里说是皇帝的命令。④炭直:炭的价钱。直,同"值"。

唐中期以后,皇宫中的日用品直接由宦官向民间采购,号称"宫市",其实是统治者掠夺百姓资产的一种手段。这首诗即是反映这一社会现象的作品。诗人通过叙述一个卖炭老翁的悲惨经历,深刻地揭露了"宫市"的罪恶本质,表达了自己的愤慨之情。

115. 陶 者

〔宋〕梅尧臣

陶尽门前土,
屋上无片瓦。
十指不沾泥,
鳞鳞居大厦。

◎ 伴我朗读

①陶者：烧制砖瓦的工人。陶，烧制陶器。②鳞鳞：形容大厦上的屋瓦如鱼鳞般整齐。

这首诗通过强烈、鲜明的对比，揭露了当时社会上的不公平现象。诗人只客观地叙述事实，未做任何评论，使本诗更显得简练老辣，发人深省。

116. 后催租行

〔宋〕范成大

老父田荒秋雨里,旧时高岸今江水。
佣耕犹自抱长饥,的知无力输租米。
自从乡官新上来,黄纸放尽白纸催。
卖衣得钱都纳却,病骨虽寒聊免缚。
去年衣尽到家口,大女临岐两分首。
今年次女已行媒,亦复驱将换升斗。
室中更有第三女,明年不怕催租苦!

◎ 伴我朗读

①"老父"两句:意思是连绵的秋雨造成了涝灾,淹没了高岸的田地。②的(dí)知:确知。③"黄纸"句:意思是朝廷向灾区颁布了免租诏书,但地方官仍然催租不止。黄纸,指皇帝的诏书。白纸,指地方官吏的公文。④家口:家中人口。

本诗采用一个老农的悲愤语气,控诉赋税剥削的残酷,描写当时农民的悲惨处境,真切沉痛,具有很强的艺术感染力。

附 录

朗读资料卡

6. 长干行

李白(701—762)：盛唐大诗人。字太白，号青莲居士。祖籍陇西成纪（今甘肃秦安），家居四川绵州（今四川江油）。其诗题材多样，诗风雄奇奔放、瑰玮绚烂，想象神奇，语言清新自然，音律和谐流转，是继屈原之后我国最伟大的浪漫主义诗人。有《李太白集》。

8. 寓　意

晏殊(991—1055)：北宋词人。字同叔，抚州临川（今属江西）人。其诗词多表现诗酒生活、悠闲情致、离别相思和人生体悟，风格闲雅，语言婉丽。有《珠玉词》。

9. 悼亡三首

梅尧臣(1002—1060)：北宋诗人。字圣俞，宣州宣城（今安徽宣城）人。诗歌多致力于表现政治内容，反映民生疾苦；在写作技巧上重视细致深入，风格力求平淡，对宋代诗风的转变影响很大。有《宛陵先生文集》。

10. 沈园二首

陆游(1125—1210)：南宋诗人。字务观，号放翁，越州山阴（今浙江绍兴）人。今存诗歌九千余首，内容极为丰富，风格亦十分多样。其中抒发政治抱负、反映人民疾苦、期盼国家统一的诗篇，风格雄浑豪放，表现出强烈的爱国热情，最为后世称道。有《剑南诗稿》《渭南文集》等。

11. 龟虽寿

曹操(155—220)：东汉末政治家、军事家、诗人。字孟德，小名阿瞒，沛国谯郡（今安徽亳州）人。子曹丕代汉称帝，追尊为魏武帝。诗歌多描写战乱、抒发政治抱负、慨叹人生，风格古直悲壮，境界阔大苍凉。有《魏武帝集》。

12. 拟古九首（其八）

陶渊明(365—427)：东晋诗人。浔阳柴桑（今江西九江）人。曾任江州祭酒、彭泽令等职，后去职归隐，绝意仕途。长于诗文辞赋。诗多描绘田园风光和农村生活的情景，语言质朴无华，风格真淳自然，对后世影响很大。有《陶渊明集》。

13. 登幽州台歌

陈子昂(659—700)：初唐文学家。字伯玉，梓州射洪（今属四川）人。论诗提倡汉魏风骨，反对柔靡之风。作品多指斥时弊，抒写情怀，风格清峻刚健，是唐代诗歌革新的先驱，为唐诗的兴盛做出了卓越贡献。有《陈伯玉集》。

17. 秋　兴（其一）

　　杜甫（712—770）：盛唐大诗人。字子美，巩县（今河南巩义）人。其诗大胆揭露当时政治腐败和社会矛盾，对穷苦人民寄以深切同情，被称为"诗史"。他是我国古典诗歌的集大成者，善于运用各种诗歌形式，锤炼精严，沉郁顿挫，被尊为"诗圣"，对后世影响极大。有《杜工部集》。

18. 浩　歌

　　李贺（790—816）：中唐诗人。字长吉，福昌（今河南宜阳）人。其诗在内容上多表现怀才不遇的悲愤和世事沧桑的感慨；在艺术上想象丰富、立意新奇、辞藻瑰丽，在诗史上独树一帜。有《昌谷集》。

19. 咏　史

　　李商隐（约813—858）：晚唐诗人。字义山，号玉谿生，怀州河内（今河南沁阳）人。其诗多伤时忧国，好用典故，情致婉曲，用字锤炼，精密华丽，富于文采，具有独特的艺术魅力。有《李义山诗集》。

24. 论　诗

　　元好问（1190—1257）：金元之交著名文学家。字裕之，号遗山，秀容（今山西忻州）人。诗多感时伤事，诗风雄劲沉郁。其《论诗》绝句三十首在诗歌批评史上颇有影响。有《遗山集》。

25. 九歌·国殇

屈原（约前340—约前278）：我国第一位伟大诗人。名平，战国后期楚国贵族。他是楚辞的创立者和代表作家，作品语言华美、想象丰富、情感充沛，并大量运用神话传说，风格独特。其传世作品均保存在西汉刘向所辑的《楚辞》中。

27. 从军行七首（其四）

王昌龄（约690—约756）：盛唐诗人。字少伯，京兆万年（今陕西西安）人。擅长七绝，多写边塞军旅生活，出语爽朗，气势雄浑，格调高昂。有《王昌龄集》。

28. 使至塞上

王维（700—761）：盛唐诗人、画家。字摩诘，祖籍太原祁县（今属山西），后迁居于蒲州河东郡（今山西永济）。诗作体物精细，状写传神，具有很高的艺术成就，尤以山水田园诗最为后世所称。有《王右丞集》。

36. 金陵驿二首

文天祥（1236—1283）：南宋抗元英雄、诗人。字履善，又字宋瑞，号文山，庐陵（今江西吉安）人。诗歌多写平生所遭险难及战斗经历，慷慨激昂，沉痛悲壮，流露出强烈的爱国情感。有《文山先生全集》。

40. 滕王阁诗

王勃(650—676)：初唐文学家。字子安，绛州龙门（今山西河津）人。诗、文俱佳，被推为"初唐四杰"之首。有《王子安集》。

44. 与诸子登岘山

孟浩然(689—740)：盛唐诗人。襄州襄阳（今属湖北）人，世称"孟襄阳"。他是盛唐田园山水诗派的代表作家，与王维并称"王孟"。诗风冲澹清幽，别具魅力。有《孟浩然集》。

57. 书湖阴先生壁

王安石(1021—1086)：北宋政治家、文学家。字介甫，号半山，抚州临川（今属江西）人。宋神宗时拜相，推行变法，后遭保守派反对，辞去相位，退居江宁（今江苏南京）。散文成就很高，是"唐宋八大家"之一；诗、词亦多传世佳作。有《临川集》。

58. 有美堂暴雨

苏轼(1037—1101)：北宋文学家、书画家。字子瞻，号东坡居士，眉州眉山（今属四川）人。与父洵、弟辙合称"三苏"。散文汪洋恣肆，明白畅达，为"唐宋八大家"之一；诗歌清新爽利，手法多变，意境灵动，独具风格；词开豪放一派，影响深远。有《东坡七集》《东坡乐府》等。

59. 雨中登岳阳楼望君山二首

黄庭坚（1045—1105）：北宋诗人、书法家。字鲁直，号山谷道人，洪州分宁（今江西修水）人。出于苏轼门下，而与苏轼齐名，世称"苏黄"。其诗讲究格律、句法，风格瘦硬峭拔，在宋代影响很大，开创了江西诗派。有《山谷集》。

69. 始闻秋风

刘禹锡（772—842）：中唐文学家、思想家。字梦得，洛阳（今属河南）人。诗歌内容丰富、题材广泛、富有哲理，风格清新自然、精炼含蓄。有《刘梦得文集》。

72. 白　莲

陆龟蒙（?—约881）：唐末著名诗人、散文家、农学家。字鲁望，苏州长洲（今江苏苏州）人。后隐居甫里，自号江湖散人、天随子、甫里先生。与皮日休齐名，世称"皮陆"。诗多写景咏物之作。有《笠泽丛书》《甫里先生文集》。

96. 左迁至蓝关示侄孙湘

韩愈（768—824）：中唐文学家、思想家。字退之，河南河阳（今河南孟州）人，祖籍昌黎（今属河北），世称"韩昌黎"。唐代古文运动领袖，"唐宋八大家"之一。又是中唐最重要的诗人之一，诗歌多发议论，风格奇崛险怪，豪健奔放。有《昌黎先生集》。

97. 商山早行

温庭筠（801—866）：晚唐诗人、词人。原名岐，字飞卿，太原（今属山西）人。诗多写个人遭际，辞藻华丽，韵格清拔，与李商隐齐名，时称"温李"。又是唐代作词最多的文人，其词多写闺情，风格秾艳，被奉为"花间鼻祖"。有《温庭筠诗集》。

98. 黄溪夜泊

欧阳修（1007—1072）：北宋文学家、史学家。字永叔，号醉翁、六一居士，庐陵（今属江西）人。北宋诗文革新运动领袖。散文说理畅达，抒情委婉，是"唐宋八大家"之一；诗风疏朗豪宕，颇具影响；词风婉丽，亦不乏佳作。有《欧阳文忠公集》。

112. 长恨歌

白居易（772—846）：中唐诗人。字乐天，号香山居士，祖籍太原（今属山西），后迁居下邽（今陕西渭南）。中唐新乐府运动的倡导者。诗歌注重现实内容和社会作用，风格平易浅近、明白晓畅，流传很广。有《白氏长庆集》。

116. 后催租行

范成大（1126—1193）：南宋诗人。字致能，号石湖居士，吴郡（今属江苏）人。南宋"中兴四大家"之一。诗作题材广泛、内容丰富，其中以抒发爱国热情、反映民生疾苦和描写乡村生活的作品最为突出；风格平易清新。有《石湖居士诗集》。